LE CODE DE Till

De l'autrice, chez Rageot :

FINISTERRAE
Tu garderas le secret
Pour qui bat mon cœur

Survivre

JEANNE BOCQUENET-CARLE

LE CODE DE Till

RAGEOT

Ceci est une œuvre de fiction. Les personnages et les situations décrits dans ce livre sont purement imaginaires. Toute ressemblance avec des personnes, personnages ou événements existant ou ayant existé ne serait que pure coïncidence.

Cet ouvrage a été imprimé sur un papier issu de forêts gérées durablement, de sources contrôlées.

Couverture : Frédéric Tacer

ISBN 978-2-7002-8096-8

À mes neveux: Joseph, Léo, Moïra, Mona et Eliaz.

Purpura rhumatoïde

La vie de Jill commença à l'âge de douze ans. Avant la date très précise du 31 août de sa douzième année, rien de ce qui l'entourait ne l'intéressa. Clouée au lit à cause d'un *purpura* rhumatoïde, maladie infantile orpheline qui la priva de l'usage de ses jambes et dont personne ne connaissait le remède, elle ne connut que son appartement. Elle passa son temps à explorer les contrées secrètes de son crâne et accepta de ne plus pouvoir marcher. Puisque ses pieds ne la portaient pas, elle autorisa son esprit à suivre les chemins sinueux de son univers intérieur, visita les royaumes lointains de son cerveau, ses plages, ses continents, ses forêts sombres où elle pouvait se perdre et lancer des cailloux.

Avant de devenir ado, il fut facile pour Jill de grandir en marge du monde réel. Ce monde où il y avait des rues et une ville. Une école et des supermarchés. Des voisins et des copains de récré. Ce monde où il fallait parler et interagir. Participer et exister. Discuter et rire. Ce monde qu'elle ne comprenait pas... Jusqu'à l'âge de douze ans, il ne l'intéressa pas. Dans une famille où son père collectionnait les cartes postales anciennes et les insectes sous verre et où sa mère aimait la musique médiévale, cela ne posa pas de problème. Ses parents non plus ne virent pas ce que la société d'aujourd'hui pouvait apporter de plus à leur fille. Le médecin leur avait expliqué qu'il n'y avait rien à faire, qu'on ne savait pas soigner cette pathologie, ni si Jill remarcherait un jour. « Seul Dieu le sait », murmura de façon pas très scientifique le généraliste de la famille.

Durant ces années, Jill écouta les chants grégoriens tenter de convertir les coléoptères et les scarabées du couloir à travers la paroi de sa chambre. De temps en temps, son père la portait jusqu'au canapé du salon et là, elle contemplait les rayons du soleil d'hiver éclairer les lames du plancher. Pour la distraire, il lui racontait les histoires en noir et blanc des cartes du début du siècle dernier. Les omnibus de Paris, les paquebots de Marseille, les enclos paroissiaux de Bretagne. Des femmes en coiffe et des messieurs en chapeau de feutre. Des écoliers en blouse et des charrettes de fleurs. Des locomotives à vapeur et des poilus de quatorze. Il en oublia de partager la vraie vie à l'extérieur de l'appartement. Jill le garda en mémoire comme une carte postale. De sa mère aussi, elle conserva peu de souvenirs : un fredonnement, un murmure liturgique et mélancolique dans la cuisine en attendant que le lait chauffe...

Heureuse de son sort, Jill partagea plus de conversations silencieuses avec les papillons punaisés et le scorpion, icône du peuple figé de l'appartement. En effet, tel un trophée, il éclairait de sa superbe le mur principal. Sa carapace noire luisait quand le jour l'éclairait et sa queue fière, érigée pour l'éternité, pointait vers une proie imaginaire.

Elle grandit dans cette société recomposée de l'appartement sans jamais s'ennuyer. On lui fournit des logiciels scolaires et des livres. Sa mère lui fit la classe mais oublia la connexion internet. Le monde extérieur devint une idée floue, un concept que seuls les pas du voisin sur le palier ou les klaxons et le vrombissement de la rue rendirent tangible. Le docteur tenta bien d'imposer un fauteuil roulant, mais rien n'y fit. Elle était comblée. Elle était libre. Elle voyageait où bon lui semblait. Elle ne voulait pas que sa vie change.

Une après-midi, hélas, le 31 août, jour de ses douze ans, on vint la prévenir que ses parents ne rentreraient pas. Leur taxi avait eu un grave accident près du pont de l'Alma... à l'endroit même où une princesse était morte au siècle dernier. Jill se trouvait sur le canapé du salon, un plaid brodé de fleurs, d'animaux et de symboles héraldiques sur les jambes. Le médecin de famille la contempla d'un air désespéré. Il attendait certainement qu'elle éclate en sanglots, mais elle demeura muette et tranquille comme à son habitude.

– Tu ne vas pas pouvoir rester seule ici, murmura-t-il. Tu n'as que douze ans.

Déjà ? Elle ne s'était pas rendu compte qu'autant d'années s'étaient écoulées depuis le jour où on lui avait diagnostiqué un *purpura* rhumatoïde et que le praticien avait expliqué à ses parents que les petites filles, plus souvent atteintes de ce syndrome que les garçons, mettaient entre quelques semaines et une décennie avant de pouvoir réutiliser leurs jambes, certaines restant handicapées à vie.

Jill fixa le médecin de famille puis contempla ses membres immobiles. Elle sut qu'il était temps. Elle souleva la couverture sur laquelle s'entrelaçaient des fleurs de lys et libéra ses jambes nues. Avec une lenteur infinie, elle posa son pied droit sur le tapis du salon, puis le gauche. Le froid du plancher lui picota la peau. À ses côtés, le médecin sanglotait. Ce qui la préoccupait le plus à cet instant était qu'elle n'avait pas porté de chaussettes depuis six ans. Elle chancela en se redressant. Malgré les séances de kinésithérapie, ses muscles avaient fondu et ses os vacillèrent. Le docteur la rattrapa avant qu'elle tombe à la renverse. Il l'accompagna, telle une apparition divine, jusqu'à la commode de sa mère où elle dénicha des bas en angora. Tandis qu'elle les enfilait, une nouvelle préoccupation l'envahit. Elle ne possédait aucune paire de souliers. Ceux de sa mère seraient-ils à sa taille ? Le médecin s'empressa de les lui apporter. Il l'aida à nouer les lacets. En effet, elle n'avait jamais eu l'occasion d'apprendre. Elle contempla ses pieds empaquetés comme deux gigots. Où allait-elle se rendre en premier ?

Des pas hésitants qui n'étaient pas les siens résonnèrent dans le couloir. Quelqu'un était entré dans l'appartement.

– Bonjour, fit une voix âgée. Je suis Monsieur Molineux, ton voisin. Je me demandais si tu voulais aller au parc ?

Bouleversé par sa guérison inattendue, le docteur ne s'y opposa pas et M. Molineux prêta sa canne à Jill. Aussi tremblants que deux feuilles, ils parcoururent la vingtaine de mètres qui les séparaient du square du quartier.

Jusqu'à présent, les seuls trajets qu'elle avait effectués avec ses parents étaient destinés aux examens médicaux. Elle ne comprenait pas ce que le monde avait de plus à lui offrir que son vaste espace intérieur. L'herbe du parc était moins verte que celle de ses rêveries, l'air de la ville plus âcre que celui de son imaginaire, les trottoirs sales et les gens moroses. Personne ne racontait d'histoires ou ne chantait. Tous marchaient pour s'éloigner les uns des autres. Aucun des êtres gris qu'elle croisait ne contemplait les fourmis et les araignées.

Jill et M. Molineux s'assirent sur un banc et fixèrent les enfants courant et riant. Au milieu de l'allée, la statue en bronze d'une femme à cheval brandissant une épée les toisait. La cavalière les contemplait et eux contemplaient les enfants. Tous trois étaient immobiles, figés dans leur matière, fondus dans leur substance, la chair et le métal.

– Je suis certain qu'elle ne ressemblait pas à cela ! déclara soudain son vieux voisin en lorgnant la sculpture. C'est Jeanne d'Arc, tu sais ?

L'icône portait des cheveux courts et dans son regard une furieuse envie d'en découdre. Son armure était celle d'une reine conquérante. Elle dégageait force et courage. Son cheval avait la rage aux mors.

– Un jour, peut-être, on saura vraiment à quoi ressemblaient ses traits, murmura-t-il.

Un enfant tomba et se mit à hurler. Une nounou se précipita pour le relever.

– Je ne sais pas si cela est souhaitable, continua le vieil homme. On est toujours déçus par le véritable visage des héros. Danton par exemple, quelle sale gueule ! Henri VI, quel grand nez ! Toutânkhamon, quel air niais... Et pourtant, on ne peut pas s'empêcher de savoir. On ne peut pas s'empêcher de déterrer les os.

À cet instant, Jill comprit qu'elle n'était pas venue dans ce parc par hasard et que si elle n'avait pas marché jusqu'alors, c'est qu'elle n'avait pas eu besoin de ses jambes avant ce jour. Pour la première fois de son existence, elle fut satisfaite de s'être rendue quelque part. Alors, quand M. Molineux lui proposa peu après de visiter son atelier, elle accepta.

Immédiatement, le hangar rempli de moules, de bustes, de pigments, de reproductions de crânes et d'yeux en verre, lui plut. Elle laissa glisser ses doigts sur les outils, les croquis, les peintures et la résine...

ses doigts, qui marchaient et qui voyaient le monde parce que ses mains avaient pendant des années remplacé ses jambes. Elle avait développé une sensibilité et une capacité à lire les objets à travers la pulpe de ses doigts. Elle ne touchait pas, elle sondait. Telle une aveugle, elle décryptait les matières et les formes. Elle entendait les murmures capturés par le grès, les échos retenus par le verre, les bruissements de la porcelaine, le souffle des tissus et les grondements des poteries. Ses doigts demandaient et les objets répondaient.

– Je travaille parfois avec la police scientifique, expliqua son nouvel ami. Je recompose des visages à partir d'ossements de crâne quand il n'y a pas d'ADN répertorié. Avec des archéologues, surtout, je rends leur aspect à des inconnus des siècles passés. La seule chose que je peux dire, c'est que l'homme n'a pas beaucoup changé depuis des millénaires et que les assassins ont les mêmes têtes que les victimes.

Elle caressa un visage de femme en silicone. Son regard transparent semblait voir à travers les âges et les murs.

– Aujourd'hui, en archéologie et en reconstitution policière, on fait de moins en moins de moulages, grogna-t-il. Il y a des logiciels 3D. J'ai dû m'adapter aux techniques les plus modernes. L'informatique gouverne le XXIe siècle.

Et Jill sut ce qu'elle voulait faire dans la vie.

– Vous pouvez m'apprendre ?

Elle allait façonner les visages des morts.

Jill trouva une nouvelle famille. M. Molineux accepta de s'occuper d'elle et elle remplit le vide laissé par ses parents par une fratrie de bustes en résine, ainsi qu'un grand-père d'adoption.

MARIE

– Marie ! Marie ! Il y a peut-être encore des soldats !

La jeune fille ne se retourna pas. La sentinelle du château avait sonné le tocsin pour annoncer la fin de l'alerte, elle avait donc parfaitement le droit de quitter les murailles afin de retourner au village. Sa mère s'inquiétait toujours trop. Un cavalier passait au loin et elle croyait qu'une armée de chevaliers et d'archers était en route...

– Ne cours pas, enchaîna cette dernière. Ce n'est pas convenable pour une jeune fille !

Marie s'en fichait. Elle n'était pas une damoiselle. Elle était une fille des chaumes, une fille des coteaux, une fille de la rivière.

Elle atteignit les logis de bois et de torchis bâtis sur la falaise à l'ombre de la forteresse. Elle était la première, le reste des habitants descendait lentement. Il fallait dire qu'à chaque danger, ils montaient avec leurs bêtes et de lourds ballots de provisions. «Beaucoup de mal pour rien», pensa Marie. Porter des sacs de grains et des caisses de nourriture était épuisant, sans compter qu'à chaque fois, ensuite, il fallait tout redescendre.

Elle accéléra la cadence jusqu'à sa maisonnette familiale. Elle voulait attraper son panier à herbes avant que sa mère lui interdise de gagner la forêt en contrebas. Il pendait à une poutre et elle se dépêcha de le détacher puis reprit sa course le long du chemin principal. Au loin, elle entendit les reproches maternels se perdre dans les nuages. Elle n'allait certainement pas rester à la maison alors que le printemps arrivait. Hors de question d'être enfermée à nouveau après ces interminables heures dans la place forte ! Elle accéléra. Elle aimait courir, elle aimait la sensation qu'elle allait peut-être s'envoler. Elle ne pouvait pas expliquer pourquoi. Il y avait toujours eu dans ses jambes l'envie de sauter, de danser, de marcher, d'aller plus loin. C'était plus que se déplacer, c'était la liberté.

Marie fila vers les bois. En cette saison, elle pouvait récolter des pissenlits pour concocter des tisanes favorisant la digestion et des violettes odorantes pour soigner la toux. Peut-être qu'avec un peu de chance, elle trouverait de l'ail des ours qu'elle ne devait surtout pas confondre avec le colchique qui, lui, était mortel. Mais même si son panier restait vide, le plus important était la cueillette. Ce temps passé dans la nature. Ce rendez-vous avec les plantes. Marie avait l'impression qu'elles prêtaient attention à sa présence, parfois même qu'elles l'écoutaient en lui offrant leurs vertus. Oui, les fleurs et les arbres entendaient mieux que Dieu… ce Dieu vénéré par ses parents et la communauté du village, mais qui ne répondait jamais aux prières et exigeait une discipline de fer. Une vie où seuls le travail et la foi comptaient. Un Dieu devant qui il ne fallait jamais courir, mais se prosterner.

Marie fut récompensée. Une touffe de pissenlits se dressait le long du chemin, prête à être ramassée par cette main qui saurait les remercier. L'offrande de la nature.

Australopithèque

Le premier véritable sujet sur lequel Jill s'entraîna fut un hominidé du Paléolithique ayant vécu il y a deux millions d'années. D'habitude, M. Molineux lui faisait cours le matin puis, l'après-midi, elle l'aidait dans ses travaux informatiques de reconstruction faciale mais ce jour-là, un colis arriva par porteur depuis le Muséum d'histoire naturelle.

– Commençons par dire bonjour à notre nouvel ami ! s'enthousiasma M. Molineux en sortant précautionneusement le crâne, telle une relique sacrée.

Elle admira la teinte brune de leur nouveau locataire, ses orbites rondes, son front fuyant, sa quasi-absence de menton, ses canines proches de celles de l'homme moderne.

– Beau spécimen mâle, commenta-t-il. On remarque bien sa structure. Regarde comme elle ressemble à celle d'*homo habilis* et à celle d'*homo erectus*. Ce n'est plus un orang-outan.

Il lui permit de soupeser les restes millénaires. Entrer en contact avec l'os provoqua en elle l'émerveillement. À travers la matière lisse et dure, il lui sembla entendre un souffle : le courant qui l'avait animé et qui avait porté l'être vivant l'ayant constitué. Le crâne froid avait contenu des émotions, des envies, des rêves. Il était le coffre au trésor de chaque être vivant, la boîte mystérieuse qui rendait chaque humain ou chaque animal unique. Il conservait le mystère de la vie.

– Quelle est la première étape d'une reconstruction réussie ? l'interrogea M. Molineux.

– Le scanner ?

– Non.

– La numérisation ?

– Non plus.

Il la fixait de ses pupilles brillantes. Il n'était plus tout à fait un anthropologue, il se muait en magicien.

– On se barricade ! lança-t-il à la façon d'un activiste.

Elle ne voyait toujours pas où il voulait en venir. Il se mit alors à parler à voix basse.

– Chaque peintre garde le secret de ses pigments, chaque embaumeur de ses plantes, chaque prestidigitateur de ses tours, chaque parfumeur de ses compositions… Eh bien pour nous, c'est pareil.

Il verrouilla la porte à double tour.

– Deuxième étape, le serment !

Il attrapa Jill par le bras et l'entraîna sous la verrière. Elle réalisa qu'il n'y avait aucun vis-à-vis. L'atelier était un écrin, une cachette de maître baignée de lumière naturelle et divine.

– Tu dois jurer de ne jamais révéler les techniques que je vais t'enseigner.

Il la fixait droit dans les yeux.

– Je jure, murmura-t-elle.

Il sembla satisfait.

– Cela fait quarante ans que mes mains écoutent les os. Durant ces années, j'ai développé ma propre technique de moulage, mes propres logiciels de calcul. On a tenté de me les acheter, de me les voler, de m'imiter. Jamais personne n'y est parvenu ! Ce que je suis sur le point de t'enseigner vaut de l'or. Tu dois te montrer digne de l'histoire et de l'humanité qui transiteront entre tes mains. Redonner un visage à un mort est à la fois l'œuvre de Dieu et l'œuvre du Diable…

Jamais elle n'avait été chargée de responsabilités. Jamais on ne lui avait confié quoi que ce soit, une lettre à poster, un livre préféré à rendre ou un secret de fille. Posséder la clef du savoir de M. Molineux lui sembla merveilleux. Le vieil homme la trouvait digne de protéger son héritage ; elle se sentit redevable. Elle l'aiderait dans sa tâche, dans son défi du temps, de la mort et de l'infini.

– Allez, on s'attaque à la numérisation !

Il avait investi dans un scanner d'hôpital trafiqué par ses soins qui permettait de prendre des centaines d'images d'un objet que l'ordinateur pourrait ensuite assembler afin de recréer le crâne en trois dimensions.

– J'ai confectionné des cales en mousse qui s'adaptent à chaque os du corps humain. Regarde : celle-ci permet de disposer une main, celle-là un bassin. On gagne en précision. Un millimètre d'écart peut tout changer.

Toute la journée, Jill installa et retira des cales sous les morceaux d'os qu'il lui ordonna d'incliner, de retourner, de stabiliser depuis son poste de contrôle. Elle n'osa pas demander combien de clichés étaient nécessaires pour réaliser un parfait modèle numérique de leur lointain cousin. Au bout de mille images, il estima que le scanner avait rempli sa mission.

– Demain, nous passerons à l'épluchage !

Le vieux scientifique attendait chaque étape comme un enfant rêvant de parc d'attractions. Il quitta l'atelier transformé en bunker le pied léger et offrit sa canne à Jill.

– Je n'en ai plus besoin, avoua-t-elle. Je marche normalement maintenant. Je me suis même acheté une paire de chaussures.

Le jour suivant, M. Molineux lui montra comment nettoyer numériquement leur modèle.

– J'ai conçu un programme qui sculpte et récolte des informations tout en nettoyant virtuellement l'os. Il reste parfois sur les reliques que nous étudions des traces de terre, de peau momifiée ou de cire provenant de masques mortuaires. Il faut redonner au crâne son aspect naturel pour que les calculs ne soient pas faussés. Enlever tout ce qui recouvre encore l'os. C'est pour cela que cette étape s'appelle l'épluchage. Un crâne est comme une orange.

Il lui fit apprendre par cœur les mots de passe de ses logiciels. La journée se dilua dans la minutie encéphalique de M. Molineux. La tête fut passée au peigne fin.

– Le souci, c'est qu'il manque une partie du zygomatique et du sphénoïde, déclara-t-il en se grattant la mâchoire et les tempes comme s'il s'agissait de son propre crâne. Demain, nous lancerons un autre logiciel capable de recréer les parcelles manquantes. À ce stade, nous ne pouvons pas encore commencer à le reconstruire à proprement parler.

Le soir tombait mais Jill n'avait pas envie de dormir. Des chiffres et des algorithmes dansaient sous ses yeux. Elle évoluait dans un royaume de données scientifiques et de commencement des temps. Une époque où l'homme n'était pas encore homme et où les mathématiques ne s'enseignaient pas.

De retour chez elle après avoir dîné avec M. Molineux, elle contempla le scorpion du salon et alluma la chaîne hi-fi de sa mère. Elle aimait le calme de son appartement. Elle n'était plus une enfant, pas encore une adulte, mais elle savait s'occuper toute seule. Elle se fichait des règles de la société. Les gens ne lui manquaient pas, elle pouvait décider de quoi que ce soit. Dormir ou se lever à quatre heures du matin.

S'empiffrer de chocolat pour le dîner ou manger des spaghettis au petit-déjeuner.

Les jours suivants, M. Molineux lui enseigna comment finaliser les calculs à partir de points spécifiques du crâne : ceux de la base du nez pour en déterminer le volume et l'inclinaison, ceux du conduit auditif et des arcades sourcilières pour placer les oreilles, ceux de la branche montante de la mandibule pour trouver les dimensions des mâchoires.

– Maintenant que l'ensemble de nos calculs est fait, annonça-t-il, nous allons passer à la peau. Tu vas voir, c'est magique !

Il lui montra où placer les marqueurs de tissus mous sur les os de la boîte crânienne afin de recréer une peau virtuelle en fonction d'une quarantaine de points anatomiques.

– Voilà, nous connaissons l'épaisseur de sa chair. Maintenant, on va voir si tes doigts savent communiquer avec les morts.

Jill ne parlait plus depuis plusieurs jours, absorbée par le travail de mage qui s'opérait dans l'atelier. De toute manière, elle n'avait jamais aimé parler.

– On peut procéder à la reconstruction faciale grâce au logiciel pour aller plus vite. Dans ce cas, le visage apparaîtra sur l'écran mais je préfère le réaliser à partir d'un moule. Le résultat n'est jamais aussi bon que lorsqu'un visage nous regarde en face.

Ensemble, ils façonnèrent une copie du crâne à l'aide d'une imprimante 3D de très haute précision. M. Molineux plaça leur œuvre sur la tablette de la verrière parmi les couteaux et les outils de sculpture. Ils enfilèrent deux blouses et commandèrent des pizzas. Il n'était plus l'heure de rentrer à la maison... Le temps était venu de rencontrer un vieil ancêtre. Tel un acupuncteur, il positionna les marqueurs de tissus mous. Peu à peu, en respectant au millimètre près l'épaisseur de la peau et des muscles, il étala des couches de faïence souple puis le silicone. Une tête prit forme.

– À toi, lança-t-il à sa protégée. Choisis ton arme!

Sur la table, des spatules, des estèques, des mirettes et les mille outils des sculpteurs et des modeleurs... mais également des plumes, des coquillages et des tampons servant à reproduire les pores de la peau ou bien des cicatrices. Une patte d'hippopotame même, dont M. Molineux se servait pour creuser les rides du visage. Elle saisit le plus sobre des ébauchoirs en buis et le laissa glisser contre la matière translucide. Petit à petit, son geste suivit les contours de la tête. Ses doigts entrèrent en contact avec les courbes et les creux des traits inanimés. Une chaleur se déversa dans sa main. Une onde nouvelle, inconnue. Un fluide jaillissant du commencement des âges. Une voix qui l'aspirait. Une lumière.

Le vieux scientifique s'émut de sa prestation et embrassa ses mains d'or. Des mains pures, vierges de toute pollution moderne. Des mains de liseuse d'âme oubliée.

À partir de cet instant, il ne toucha plus aucun moulage. Il la laissa faire naître les visages disparus et se contenta de la guider. Il lui tendit les pinceaux, les pots de peinture, les globes oculaires, les poils de yack pour les cheveux, et lui confia ses astuces d'artiste. À chaque reconstruction, Jill tomba juste. Ses doigts trouvèrent le chemin caché entre les données mathématiques et les expressions propres d'une personne.

* * *

Elle resta quatre ans aux côtés de M. Molineux. Elle lui apporta la justesse de ses mains et il lui offrit ses années d'expérience. Elle apprit à mesurer les arcades sourcilières et la base du nez, à délimiter les lèvres inférieure et supérieure ou la position des yeux, à déterminer la saillie mentonnière et les bosses frontales, à calculer l'épaisseur des tissus mous et à imaginer la forme des oreilles à partir du conduit auditif. Elle dévora les manuels d'anatomie et d'anthropologie. Elle s'usa les mains et les ongles dans le moulage des crânes, elle étudia la numérisation 3D et l'infographie les week-ends.

Après avoir fait naître des faces de guerriers, de bonnes, de cadavres décomposés, de martyrs et d'enfants, quand les heures passées dans l'atelier se comptèrent en années, M. Molineux s'éteignit.

Lorsqu'une personne meurt, on dit que son visage se fige pour l'éternité. C'est en effet techniquement ce qui se passe. Le vieil homme fut pris d'étourdissements et s'allongea sur le canapé élimé de la verrière près d'un buste d'homme de Flores que Jill peignait. Il posa une main sur sa poitrine, expira une dernière fois et se figea. Ses rides se rigidifièrent. Sa peau prit une teinte grise. Sa bouche se pétrifia et ses pupilles s'immobilisèrent.

Jill s'approcha. Elle n'avait jamais vu la mort en action. Elle l'admira modeler le corps de son mentor. De sa main invisible, la mort sculpta les traits, solidifia son expression, s'empara de l'animé, la lumière propre à chaque être vivant qu'elle avait appris à restituer aux têtes en silicone. M. Molineux devint un sujet d'étude.

Délicatement, reproduisant les gestes ancestraux de ceux qui avaient réalisé les masques mortuaires des rois et des empereurs, elle préleva l'empreinte du visage de son ami. Comme une dernière caresse, elle mesura et moula la tête qui lui avait offert son savoir. Elle connaissait les cinq étapes de la mort biologique qu'elle avait apprises l'été dernier dans son manuel de médecine légale, elle savait de combien de temps elle disposait avant que le corps ne soit plus manipulable. Premier stade, *Pallor Mortis* : au cours du premier quart d'heure, la peau devient pâle. Deuxième stade, *Algor Mortis* : la température du corps chute d'un degré par heure. Troisième stade, *Rigor Mortis* : les muscles se contractent à cause du calcium inondant les cellules.

Quatrième stade, *Livor Mortis*: des taches rouges et violettes apparaissent dans les parties où le sang s'est stocké. Cinquième stade, *Putredo*: au bout de neuf heures, le corps redevient flasque et commence à se décomposer.

Jill ne consulta pas une seule fois la pendule. Elle se concentra sur la minutie de ses gestes. Elle ne pouvait pas offrir de plus bel adieu à son mentor. Désormais, M. Molineux appartenait au monde des rois et des guerriers, aux temps jadis où les légendes remplaçaient les mémoires, où les mythes étaient vérité, où les dieux et les hommes se défiaient pour mieux s'unir. Lorsqu'elle estima avoir assez d'éléments pour reconstituer son buste, elle téléphona à la morgue de l'Institut médico-légal pour signaler le décès. Elle aurait pu prévenir les pompiers ou la police, mais elle préféra appeler le médecin légiste avec qui ils avaient l'habitude de travailler.

– Vous avez bien fait de me prévenir, la remercia-t-il. Cela me donnera l'occasion de lui adresser un dernier adieu. Il était exceptionnel. Vous avez appris auprès du plus grand.

Une ambulance emporta la dépouille de M. Molineux.

– Qu'allez-vous faire? s'inquiéta le médecin.

Jill n'avait jamais pensé à l'avenir. Offrir l'éternité à des squelettes l'avait empêchée de concevoir la disparition de son tuteur! Elle ne voulait rien changer à son quotidien. Elle voulait continuer à composer des visages sous la verrière de l'atelier et se calfeutrer dans son sanctuaire d'insectes immobiles.

– Tenez, fit-il. Un de mes collègues vient d'ouvrir un laboratoire privé spécialisé dans la reconstruction faciale en images de synthèse et d'impression 3D en résine. Vous devriez le contacter. Il cherche des collaborateurs. Une experte dans votre genre devrait lui plaire.

Il lui adressa un clin d'œil qu'elle ne décrypta pas en lui tendant une carte de visite. Se moquait-il d'elle ? La draguait-il ? Lui faisait-il une farce ? Elle maîtrisait plus les codes des momies que des humains.

Jill l'empocha, marmonna un merci et détourna les yeux. Elle était plus à l'aise avec les morts qu'avec les vivants de son espèce.

MARIE

Marie avait bien tenté d'expliquer à sa mère que les plantes possédaient un langage. Oh, pas une langue avec des mots ou des phrases, plutôt un murmure, une délicatesse dans sa main. Mais sa mère lui avait ordonné de se taire. « Tu blasphèmes... Tu risques de finir comme la vieille Viana au bout du village, seule et rejetée ! »

La vieille Viana connaissait, elle aussi, la langue de la nature. Pas seulement celle des fleurs, également celle de l'eau et des roches. On disait qu'elle était à la fois fée et sorcière, qu'elle ignorait la parole divine, qu'elle était capable de voir les esprits, de dompter les feux follets et de lancer des mauvais sorts. Les villageois l'évitaient, de peur de contrarier le Seigneur. La vieille Viana aurait déjà rencontré le Diable, racontaient-ils, c'est ainsi qu'elle aurait survécu à la grande Peste.

Marie avait donc cessé de partager ses secrets avec sa mère. Elle avait gardé pour elle ce que lui disaient les herbes, les feuilles, les pétales et les racines sur leur capacité à soigner. La chélidoine et son chant contre les verrues. La lavande et sa berceuse pour endormir les angoisses. La mélisse et sa mélodie pour calmer les douleurs des vieux os. Le sureau et sa rengaine pour charmer la fièvre. Elle se contentait d'en faire des tisanes et des remèdes à la façon d'un apothicaire, comme si les plantes ne représentaient que des copeaux racornis et des pousses sèches.

Quand ses tâches quotidiennes étaient achevées, Marie arpentait seule la campagne et la forêt. Elle écoutait ce que les arbres et les branches se murmuraient. Elle avait l'impression que chaque bourgeon, chaque caillou, chaque fougère, était à sa place et que le monde qui l'entourait communiquait à travers le vent, la terre et l'eau. Ce n'est que lorsqu'elle rentrait au village qu'elle ajustait sa robe et son bonnet de lin. Elle cessait de courir et reprenait sa place de jeune fille pieuse. Et quand elle broyait ses herbes ou les mélangeait à du vin aigre, elle évitait de chanter. Elle demeurait silencieuse.

– Laisse ton ouvrage, lui ordonna sa mère. C'est l'heure du sermon.

Marie soupira et écarta les braises sous le chaudron afin que son mélange cesse de bouillir et ne devienne pas amer. Elle risquait de rater sa préparation. Les feuilles nécessitaient beaucoup de patience.

Elle s'essuya les mains dans son tablier avant de le plier sur la table et suivit ses parents sur la place du village. Comme les autres habitants, ils ne priaient plus dans des églises ; tous se rejoignaient et cela suffisait pour parler à Dieu. Le prêcheur s'y trouvait déjà avec son manuscrit précieux contenant les saintes Écritures. Il prit la parole.

Marie fit un effort pour se concentrer. Être à l'air libre la rendait rêveuse. Le ciel et l'odeur des taillis l'empêchaient d'écouter tout ce que le représentant du Très-Haut leur disait. Son esprit vagabonda jusqu'au ruisseau où elle avait ramassé de la mousse le matin même. Il navigua à travers les nuages et se perdit dans les rayons du soleil avant de redescendre sur Terre et de fixer les visages des gens de la communauté. Ses yeux se posèrent sur Pascau qui marmonnait sa prière du bout des lèvres. Il avait son âge et avait hérité de son père son don de sourcier. Elle le soupçonnait d'entendre le chant de l'eau dans la roche mais, comme elle, il prétendait que c'était Dieu qui guidait sa main et son bâton pour trouver les sources. Hélas, de cela, elle ne pouvait pas lui parler. Ce serait un blasphème. Et même si elle le lui demandait, il n'avouerait pas. Les sourciers aussi avaient leurs secrets. C'était d'ailleurs grâce à son talent que Pascau avait pu remplacer le puits asséché du château par un autre situé à l'extrémité de la muraille.

Grâce à lui, ils pourraient tous survivre en cas de siège. Enfin, s'ils étaient assaillis par l'armée de Croisés... car malgré les avertissements de sa mère qui avait peur de tout, Marie ne croyait pas un instant que des soldats allaient les attaquer. Ils n'étaient que de pauvres villageois.

Herman Keiser

Jill demeura plusieurs jours cloîtrée dans son appartement, à contempler les lames du plancher. Elle s'allongea comme lorsqu'elle était petite et que la maladie la clouait sur le canapé du salon. On l'appela pour l'informer que l'atelier de M. Molineux avait été fermé et qu'elle devait rendre ses clefs. Elle réalisa alors deux choses. La première : elle voulait continuer à façonner des visages ; la seconde : elle ne voulait dépendre ni d'un lycée, ni d'un employeur, ni de n'importe quelle institution. Personne. À seize ans, elle était parfaitement capable de faire ses propres choix.

Dans le salon, sous le roi scorpion, elle avait installé le buste inachevé de M. Molineux. Elle le laissa sécher sous le contrôle des insectes et des cartes postales. De temps en temps, elle allumait la chaîne de sa mère et écoutait des chants grégoriens.

La musique sacrée et les vieilles photos appartenaient à des mondes qu'elle ne connaissait pas. Ses parents lui avaient transmis des images sans lui en fournir la notice. Elle fouillait le passé des autres en reconstruisant leurs expressions sans en avoir un elle-même. Son seul passé était cet appartement.

Jill étudia ses traits dans le miroir écaillé du séjour. Elle chercha à les lire comme elle le faisait pour les crânes. Elle passa ses doigts le long de sa mâchoire, de ses rebords orbitaires, de la racine de son nez. Elle scruta ses yeux, évalua sa masse capillaire, palpa son cou. La fillette sans jambes était devenue une jeune fille sans image. Au fur et à mesure des crânes qu'elle avait soupesés et façonnés, elle les avait aussi remplis d'une vie. Elle les avait dotés d'un espace intérieur et d'une existence propre. Ils étaient devenus des gens... des personnes, possédant des occupations et des rêves. Des chagrins et des rires cachés. Des êtres entiers. En contemplant son visage dans le miroir, elle ne décela pas son aspect interne. Elle était devenue une jeune fille sans ombre qui ne marchait jamais au soleil.

Elle retourna dans le parc en compagnie de la tête en silicone de M. Molineux et l'installa sur le banc. La statue équestre de Jeanne d'Arc s'y dressait toujours. À présent, elle pouvait se rendre compte qu'il ne s'agissait pas d'un vrai visage. L'artiste n'avait ni copié ni reproduit les traits d'un modèle. Il avait imaginé la tête d'une idole. Il manquait les fêlures qui laissaient passer la lumière de l'âme, les imperfections qui révélaient la présence d'une personne, les marques du temps qui témoignaient des saisons.

– Je suis d'accord, souffla-t-elle à M. Molineux. Elle ne peut pas ressembler à Jeanne d'Arc parce qu'elle ne ressemble pas à une personne.

M. Molineux était de son avis, la tête de la statue était ratée.

Un groupe d'enfants survint, rompant la quiétude du champ de bataille imaginaire foulé par le cheval du mythe manqué. Jill détailla leur nez morveux et leurs joues rouges. Les boîtes crâniennes infantiles possédaient des bosses pariétales et frontales plus saillantes. Elles représentaient vingt pour cent de la taille de ces *homo sapiens* criards et édentés.

Quelque temps auparavant, elle avait participé à la reconstruction faciale d'un squelette d'enfant retrouvé dans une tombe gauloise. Elle avait eu la possibilité de tenir les minuscules os bruns. Cela avait été la plus courte histoire qu'il lui ait été permis de lire. Une histoire de cinq ans... cinq petites années à grandir dans les plaines Arverne à l'ombre d'un oppidum. Un minuscule crâne vieux de nombreux siècles dans lequel avaient résonné une voix, des rêves, des envies, et dans lequel Jill avait cherché le goût de l'orge et du lait de vache, l'odeur des murs en torchis et de la marmite, la douceur de la paille et de la laine tissée. Elle avait aimé partager la vie du garçonnet, lui imaginer un futur, lui offrir une seconde existence de silicone. Lui donner un visage, c'était le rendre éternel, l'autoriser à contempler sa mère peindre à l'ocre rouge des sangliers sur les murs en torchis de leur demeure, ou accompagner son père au champ pour utiliser leur nouvel araire.

Il se mit à pleuvoir. Il était temps de rentrer. M. Molineux risquait d'attraper froid. Elle protégea sa tête des gouttes avec son manteau et prit le chemin de son appartement. L'une des deux uniques routes qu'elle ait suivies... celle de la maison et celle de l'atelier.

Lorsqu'elle ouvrit la porte de l'appartement, le téléphone fixe hurlait dans le salon. Elle cala le buste dans le canapé et décrocha.

– Mademoiselle Jill Fouqueroy ?

– Oui.

– Ah, enfin je parviens à vous joindre ! Je suis Herman Keiser, le directeur d'Anthropolab. Notre ami médecin a dû vous laisser ma carte professionnelle. N'avez-vous pas de portable ?

– Non.

– Bon, tant pis. Je suis ravi de vous avoir au téléphone. J'ai appris le décès de ce bon vieux Molineux par le légiste. Je veux vous offrir un poste. Oh, pardon, je voulais d'abord vous adresser mes condoléances !

Jill jeta un coup d'œil au buste de son mentor. Il lui sembla qu'il haussait les sourcils.

– Merci, marmonna-t-elle.

– Voilà... bon... accepteriez-vous de travailler pour moi ? reprit à toute allure Herman Keiser. Vous êtes la meilleure dans notre spécialité. Enfin, le meilleur c'était

Molineux mais comme il n'est plus là, ça ne peut pas être lui, donc... Pardon, je m'égare ! J'aimerais beaucoup que vous veniez découvrir nos nouvelles installations. Le labo possède les derniers logiciels de pointe, ainsi qu'un scanner RX, un spectromètre de masse par accélérateur de datation carbone et de l'imagerie médicale dernier cri. De la haute technologie ! Mais nous travaillons aussi en impression 3D et nous avons investi dans l'intelligence artificielle. Enfin, vous verrez tout cela quand vous viendrez. Vous allez venir, n'est-ce pas ?

– Non.

– On vous a proposé un autre emploi ? J'étais pourtant certain d'être le premier à vous appeler ! Qui est-ce ? Les Britanniques ? Cambridge ? Oui, c'est certainement eux, ils travaillent de mèche avec Scotland Yard. Ou les Australiens ? Ils ont découvert un nouveau site aborigène de plus de sept mille ans ! C'est ça ? C'est le site aborigène sous-marin de l'archipel Dampier ? Je sais que c'est une première. Des fouilles sous-marines, c'est extraordinaire... je ne peux pas rivaliser... Oh, vous ne pouvez pas me faire ça ! Je vous offre le double de ce qu'on vous a proposé.

Herman Keiser parlait tellement vite qu'il avait déjà prononcé autant de mots que Jill en quatre ans.

– Vous ne comprenez pas, murmura-t-elle. Je ne veux travailler pour personne.

Elle se souvenait du serment fait à M. Molineux. Elle ne le trahirait jamais. Elle lui avait donné sa parole.

– Au revoir, Monsieur Keiser.

Elle raccrocha.

Que faire ? Elle n'en avait aucune idée. Son appartement lui sembla étroit et sombre. Elle attrapa son trousseau de clefs et marcha jusqu'à l'atelier. Il était cadenassé et une agence immobilière avait posé une pancarte de mise en vente. Elle en fut pour ses frais. Impossible de s'y glisser. Les outils et les logiciels de M. Molineux allaient disparaître. Elle s'inquiéta des mains entre lesquelles ils échoueraient. Des mains grasses ou des mains sans scrupules. Des mains maladroites ou des mains avares. Des mains intrusives ou des mains désertiques. Des mains étrangères... Elle ne pouvait pas abandonner les trésors du vieil archéologue, ces objets qui pour d'autres ne valaient rien mais qui, pour elle, représentaient tout l'or du monde. La mémoire de son ami allait être balayée et dispersée aux quatre vents. Elle rentra chez elle d'un pas pressé. En trottinant presque. Elle s'étonna de la capacité de ses jambes à courir. Elle ne connaissait pas ces sensations. Elle analysa ses nouveaux mouvements, le cœur battant. Le moyen abducteur, son biceps fémoral, son tendon d'Achille, son tibia, son péroné. Son rythme cardiovasculaire s'accéléra.

Elle retrouva son appartement, le front moite, et décrocha le combiné de son téléphone avant d'appuyer sur la touche rappel.

– Allô ? fit une voix à l'autre bout du fil.

– Herman Keiser ? demanda-t-elle.

– Oui.

– C'est Jill.

– Oh, Jill ! s'exclama-t-il. Je suis ravi que vous changiez d'avis ! Vous allez voir, vous ne le regretterez pas ! Nous allons...

– Je n'ai pas encore dit oui, le coupa-t-elle. Si vous voulez que je travaille pour vous, rejoignez-moi à l'atelier. Apportez votre caisse à outils.

Elle raccrocha et retourna à l'atelier.

En attendant Herman Keiser, elle s'assit sur les marches du perron et contempla ses pieds. Elle avait choisi ces chaussures en cuir marron parce qu'elles ressemblaient à des bottines du XIXe siècle, celles des cartes postales, et aussi parce qu'elle ne savait pas ce qui est à la mode quand on a seize ans. Quand elle était entrée dans la boutique, les chaussures de sa mère aux pieds, la vendeuse avait sourcillé, son *occipitofrontalis* s'était relevé comme un accent circonflexe. Mais elle n'avait fait aucun commentaire sur le style de bottines qui lui convenait ou même si ce genre de chaussures était encore en vogue. Depuis, Jill était passée devant un magasin de sport et avait décidé que sa deuxième paire serait des baskets.

– Jill ?

Elle reconnut Herman Keiser à sa voix. Il était plus jeune que ce qu'il lui avait semblé au téléphone. Il était le parfait exemple de phénotype physique europoïde caucasien, blanc aux cheveux blonds. Il portait des sneakers.

– Il faut ouvrir le cadenas, ordonna-t-elle. Vous avez apporté une pince ?

Il se figea devant la porte.

– Je n'ai pas le droit de forcer l'entrée de l'atelier, s'offusqua-t-il. Il y a des lois !

– Si vous voulez que je travaille pour vous, alors vous devez m'aider à récupérer le matériel de Monsieur Molineux.

Elle ne voyait pas ce qu'il y avait de mal à prendre les ordinateurs et les butoirs qu'elle avait tenus entre ses mains chaque jour durant des années.

– Effraction et vol ! s'écria Herman. Vous voulez aller en prison ?

À en juger par sa pigmentation cutanée et sa densité musculaire faciale, il devait avoir entre trente-quatre et trente-huit ans. Elle croisa ses bras sur sa poitrine. C'était ça ou rien.

– Ok, ok, soupira-t-il en scrutant nerveusement les alentours. On va faire vite. Si je ne connaissais pas la réputation de votre travail, je vous aurais laissé tomber !

Il prit un marteau et frappa sur le cadenas. À chaque coup qui résonnait dans la rue, il marmonna :

– Ça va mal finir, ça va mal finir...

Enfin, le verrou sauta et Jill put ouvrir la porte. Herman la poussa précipitamment à l'intérieur et referma la porte derrière eux. Il respirait fort et ses bras tremblaient.

– On fait le plus vite possible, s'agita-t-il. Je ne suis pas un cambrioleur, je suis un scientifique !

Elle rassembla ses outils et préleva les cartes mémoire ainsi que les disques durs des logiciels. Il l'aida à tout mettre dans un carton qui avait auparavant contenu des mèches de cheveux humains expédiés d'Inde.

Avant de quitter l'atelier, Jill se retourna. Elle s'imprégna de l'odeur et du murmure des murs. Il fallait que ses souvenirs durent jusqu'à la fin de son existence, qu'elle puisse les conserver en elle et les emporter dans sa tombe. Herman chargea leur butin dans sa camionnette sur laquelle était inscrit **Anthropolab**.

– Monte ! ordonna-t-il. On ne traîne pas dans les parages !

Elle se laissa choir sur le siège passager. Il démarra en trombe.

– Par-là, lâcha-t-elle en désignant la rue de chez elle.

– Hors de question ! refusa-t-il. On va au labo, c'est plus sûr.

– L'héritage de Monsieur Molineux doit se trouver chez moi, répliqua-t-elle en ouvrant la portière pour descendre.

La camionnette fit une embardée et Herman manqua de foncer dans un lampadaire. Il immobilisa le véhicule de justesse le long d'un trottoir.

– Ça va pas, la tête ! hurla-t-il. On a failli se tuer ! Il ne faut pas descendre en marche ! Tu n'es jamais montée en voiture avant ou quoi ?

– Seulement dix fois, répondit-elle. Quand j'avais des examens médicaux à passer.

Il la fixa, le regard incrédule et la mine effarée.

– Ok, lâcha-t-il. On va recommencer à zéro.

Il s'épongea le front avec sa manche et inspira profondément.

– On se rend au labo, temporisa-t-il. Pour faire le point. On décidera après de ce que tu veux faire du matos de Molineux. Ça te va? Un Coca frais fera du bien à tout le monde.

– Je n'en ai jamais bu.

– Mais de quelle planète tu viens?! Au pire, je te servirai un verre d'eau du robinet. Tu as bien un robinet chez toi? Ne me dis pas que tu puises ton eau à la fontaine publique?

Jill sourit.

– Je doute qu'elle soit potable, commenta-t-elle.

Herman secoua la tête, désespéré.

MARIE

Après la prière, Marie suivit Pascau qui descendait vers la rivière. Avec le soir, une petite bruine s'était mise à tomber. Les feuilles, l'herbe et les toiles d'araignée se perlaient de fines gouttelettes et elle resserra son châle autour de ses épaules. Ce n'était pas encore l'été et ses grosses chaleurs. Son ami longea le cours d'eau puis remonta un versant où poussaient des coudriers. Marie avait déjà parcouru cette pente avec lui. C'était dans ces arbres, les noisetiers, qu'ils prélevaient ses baguettes de sourcier. Entre ses mains, les branches devenaient magiques et le guidaient vers les sources cachées.

Pascau s'assit au pied de l'un des troncs. Il se retourna vers elle; il l'avait entendue marcher dans son ombre – ou plutôt gambader, car ses jambes sautillaient et dansaient dans la nature. Il lui sourit pour l'inviter à le rejoindre.

– Cette rivière, tu sais où elle prend sa source ? demanda-t-elle en s'asseyant près de lui.

– Non, elle voyage plus que nous, elle descend du sommet de la montagne.

– Il faudrait la remonter pour savoir.

Pascau hocha la tête.

– L'eau décide seule de son chemin, expliqua-t-il. Aujourd'hui, elle passe par ici, demain par là-bas, et dans cent ans elle aura encore changé de route. Elle emporte nos traces, nos souvenirs.

– Tu crois qu'elle va où ?

Marie aimait tellement parler avec Pascau. Il ne donnait pas d'explications toutes faites comme ses parents à propos de Dieu.

– Je crois qu'elle est éternelle. L'eau est capable de traverser le temps. Elle ne meurt jamais. Elle coule, s'évapore, pleut, neige... Elle ne meurt jamais. Cet après-midi, elle se déverse devant nous et repassera peut-être par là ou un peu plus loin dans plusieurs siècles. Elle n'a pas d'âge car elle ne s'éteint jamais.

Il fixa la rivière qui ondoyait en enlaçant des gros cailloux vermoulus.

– Elle chante, murmura Marie.

Il se tourna vers elle et la prit par le bras.

– Viens, on va danser avec elle ! lança-t-il.

Marie se laissa entraîner et retira ses chausses avant de plonger ses pieds dans l'onde glacée. Pascau lui tint les deux mains pour qu'elle ne glisse pas. La bruine se déposa sur son visage et dans ses cheveux bruns.

Il ressembla au Tantugou, le berger des légendes des sommets qui protégeait les troupeaux des loups et des mauvais esprits. Ses yeux brillaient et il ne la quittait pas du regard. Il était comme elle. Il voyait et entendait la forêt de la même façon. Elle savait que tout ce qu'il disait était vrai. Encore plus à cet instant, en entourant ses doigts avec les siens au milieu du courant qui leur piquait les jambes.

– Tu as froid, murmura-t-il. Il faut rentrer avant que tu attrapes du mal, même si je sais que tes jambes sont robustes et que tu saurais les soigner.

Marie ne voulait pas partir. Elle aurait voulu demeurer au milieu des remous avec lui. Elle aurait voulu laisser l'averse les transformer en eau afin de pouvoir suivre le courant et voyager à travers le temps.

Anthropolab

– Voici Jill Fouqueroy, annonça Herman à ses collaborateurs lorsqu'ils eurent rejoint les locaux d'Anthropolab.

Le bâtiment, situé en plein cœur d'un quartier d'affaires tout juste sorti de terre, n'avait rien en commun avec l'atelier décrépit de M. Molineux niché au fond d'une impasse séculaire. Ici, les murs étaient d'un blanc lisse et immaculé, les scanners rutilants et les ordinateurs lustrés. Des parois en plexiglas délimitaient les différentes zones de recherche : laboratoire d'analyses chimiques, datation carbone, observation au microscope, modelage, reconstruction 3D. Un temple impeccable pour archéologues et chercheurs.

Hermann avait eu le temps de retrouver un rythme cardiaque normal et de faire une analyse rapide de ce qui venait de lui arriver : rencontrer une extraterrestre et commettre un vol. En une après-midi, son existence avait basculé. Il ne saisissait pas encore très bien ce qui allait en sortir mais on aurait dit qu'il devait tout effectuer en accéléré avec cette fille. Il n'avait plus le temps ni de penser, ni de parler. D'habitude, c'était lui qui menait la danse, jamais il n'avait rencontré quelqu'un qui le devançait. Normalement, il était le plus obstiné. Il décidait et imposait son rythme aux autres. Il avait désormais la sensation d'avoir fait entrer dans son terrain de jeu une bête indomptable qui risquait de le dévorer… Il fallait à présent qu'il l'introduise auprès de ses collaborateurs et il n'était pas certain qu'elle se montre docile. Elle tenait plus du félin à dents de sabre que du matou domestique.

– Je vous présente Jill, fit-il après avoir réuni son équipe afin d'être certain qu'elle ne décide pas de s'enfuir par la fenêtre ou de descendre en rappel dans la cage d'ascenseur. Elle est experte en reconstruction faciale.

Jill contempla les tempes et les narines d'Herman briller de sueur tandis qu'il la faisait connaître à ses employés. Depuis qu'ils étaient arrivés à Anthropolab, il ne l'avait pas quittée d'une semelle alors qu'elle aurait bien aimé visiter les lieux seule, afin de vérifier si l'héritage de M. Molineux pouvait y résider.

– Elle va bosser avec nous ? interrogea un jeune homme avec un accent étranger quand il donna son nom.

Herman se tourna vers elle.

– Il semblerait que oui. J'ai tenu promesse, à elle d'en faire autant !

Elle hocha la tête. Il lui présenta chacun des scientifiques.

– Gustavo est péruvien, paléontologue[1] spécialisé en paléopathologie[2]. Matt, lui, est américain, anthropologue de l'université de Binghamton à New York. Quant à Lucy, elle est allemande, doctoresse en médecine légale. Elle était prédestinée à ce métier car ses parents lui ont donné le prénom d'une vieille cousine – un spécimen femelle fossile d'espèce australopithèque datant de plus de trois millions d'années, et issu d'une lignée humaine éteinte. Espérons que ce ne soit pas ce qui attend la nôtre !

– Elle a l'air jeune pour bosser avec nous, marmonna Gustavo, dubitatif, en détaillant la tenue dépareillée et les chaussures démodées de Jill.

– C'est la meilleure dans son domaine, répliqua Herman. Elle a passé plusieurs années auprès du docteur Molineux. Et il n'a formé personne d'autre.

Un vent de respect balaya les troupes. Le nom de Molineux en imposait.

– Ok, décida Lucy, bienvenue.

1. Paléontologue : spécialiste de la paléontologie, science qui étudie les êtres vivants (animaux, végétaux ou micro-organismes) ayant peuplé la Terre au cours des temps géologiques, en se fondant principalement sur l'interprétation des fossiles.
2. Paléopathologie : étude des maladies et des pathologies observées sur les fossiles humains par l'examen du squelette.

Elle lui tendit une main que Jill serra sans conviction. Elle avait été plus souvent en contact avec des êtres morts qu'avec des chairs chaudes et vivantes. Sentir une paume palpiter dans la sienne la décontenança. Gustavo et Matt se résolurent à en faire autant et elle toucha plus de personnes qu'elle ne l'avait fait au cours de son existence. Elle reconnut les différences de texture de la peau selon les tables anthropométriques qui lui servaient à indiquer l'épaisseur moyenne des tissus mous en fonction du type ethnique, du sexe ou de l'âge.

– Je t'ai promis un Coca, reprit Herman. On a besoin de se rafraîchir et on en profitera pour faire connaissance. Il faut dire que la matinée n'a pas été de tout repos. Après, on fera le point sur nos travaux en cours.

Son débit de parole avait repris son allure normale, c'est-à-dire cent kilomètres/heure.

Une kitchenette ultra-équipée et habillée d'un mur végétal se situait au bout du couloir. Herman ouvrit un frigo à commandes digitales, leur versa deux immenses verres de Coca et attendit qu'elle goûte pour lui demander son avis.

– Alors ? Comment tu trouves ça ?

– Sucré.

Il sourit.

– Tu ne vas pas changer d'avis, hein ? s'inquiéta-t-il tout à coup.

– À propos de quoi ?

– Travailler pour moi.

– Je veux juste récupérer le matériel de Monsieur Molineux, s'obstina-t-elle.

Il se servit des glaçons dans la porte du réfrigérateur.

– Nous aussi, nous sommes une équipe, souffla-t-il. On travaille ensemble. On se fait confiance, on s'aide, on échange, on se parle.

Il avait compris qu'il s'agirait de la partie la plus difficile du travail pour elle : entrer en relation avec d'autres êtres humains vivants.

– Le matériel d'Anthropolab est le plus performant au monde. Tu peux garder les vieux ordinateurs du docteur. Ici, tu vas te régaler. Tu auras à ta disposition le meilleur des techniques archéologiques.

Elle devina que les machines super puissantes n'étaient qu'un appât.

– Pourquoi as-tu besoin de moi ? rétorqua-t-elle.

Il vida son verre et croqua le dernier glaçon.

– Ok, fit-il. Entrons dans le vif du sujet. J'ai quelque chose pour toi.

Il l'entraîna dans une chambre tempérée à faible hygrométrie qui conservait des ossements et des momies. Il déposa sur la table centrale une boîte sur laquelle elle put lire « Montségur DP14-2024 ».

– Voilà pourquoi je suis venu te chercher ! déclara-t-il.

Depuis quelques minutes, Herman parlait de moins en moins vite. Il ouvrit le couvercle de la boîte et un squelette désassemblé apparut.

– On m'a confié ces ossements, murmura-t-il. Nous devons les étudier. Matt et Lucy ont commencé à les analyser. On nous a aussi commandé une reconstruction complète.

– Du corps entier? s'étonna-t-elle.

Il acquiesça. Elle sonda visuellement les os. À première vue, il s'agissait d'une femme, sans doute jeune. Des fêlures marquaient les tibias dont certaines parties étaient brisées. Elle s'interrogea sur les causes du décès. Ses yeux se fixèrent sur le crâne. Il lui sembla familier. Aurait-il un lien avec une reconstruction qu'elle aurait réalisée auparavant? Était-ce pour cette raison qu'Herman était venu la trouver? Elle désirait poser ses doigts sur les restes humains de la boîte et les réunir. Ils l'attiraient. Ils semblaient chercher à lui dire quelque chose. Malheureusement, Herman referma le couvercle.

– Si tu veux en savoir plus, tu dois signer un contrat, déclara-t-il. Tu dois officiellement travailler pour moi et accepter mes règles de confidentialité.

Il lui avait volontairement mis l'eau à la bouche! Il l'avait attirée comme une abeille par un nectar de fleur. Elle s'était fait prendre. Ses mains éprouvaient le besoin ardent de toucher.

– On nous demande de le reconstruire en totalité, poursuivit-il. C'est unique. Cela n'a jamais été fait.

Un corps entier. Des pieds, des bras, un ventre à sculpter.

– Cela va prendre des semaines, murmura-t-elle.

Il sourit. Elle avait dit oui.

– Je veux travailler selon ma propre méthode, imposa-t-elle. Et avoir mon bureau.

– On rapporte toujours le matériel du docteur Molineux chez toi ?

Elle secoua la tête. Impossible d'œuvrer sans la présence de son mentor. Son fluide résidait dans ses outils, dans ses programmes.

Jill signa les papiers qui faisaient d'elle une salariée officielle d'Anthropolab et prit possession d'une salle vide dont Herman lui remit la clef après avoir installé un bureau, des tables en inox et une collection dernier cri de scalpels, pinces, pinceaux, brosses...

– Tu veux le topo maintenant ou on fait le tour du labo ? Nous avons un scanner AST-RX, un microscope OSIRIX, un logiciel 3D TIVMI, un spectromètre de masse ARTEMIS et un accélérateur pour le carbone 14...

– Les os, le coupa-t-elle.

Il s'assit sur le coin de son bureau vierge de tout pot de crayons ou de bloc de post-it.

– Que sais-tu des Cathares ? souffla-t-il comme si ce mot était interdit.

Le visage d'Herman n'était plus le même. Ses traits se modifiaient selon qu'il parlait d'histoire ou de technologie. Son débit ralentissait.

Elle n'en avait aucune idée. Ses connaissances s'étaient enrichies au fur et à mesure des cartes postales et des crânes rencontrés. Elle n'avait pas voyagé plus loin que le parc de son quartier ou les époques que ses doigts avaient touchées. Des cours dispensés par M. Molineux au lieu de professeurs, elle se souvenait plus de héros tels Jeanne d'Arc ou Henri VI que d'une chronologie de l'histoire de France. Elle connaissait mieux les noms latins des insectes et de chaque os du corps humain que les grandes dates ayant marqué son pays.

– Il y a environ neuf cents ans, reprit Herman sur le ton d'une confidence, des gens se sont soulevés contre le pouvoir de l'Église catholique. Ils ont décidé de revenir à une foi primitive afin de respecter l'idéal de vie et de pauvreté du Christ. Hélas, cela n'a pas plu au pape, qui a lancé une croisade contre eux. Ces gens habitaient en Occitanie, dans le sud du royaume de France. Ils se sont réfugiés dans des villes fortifiées, des villages de montagne, des châteaux forts, mais l'armée de Croisés n'a épargné personne. Les Cathares ont été tués, brûlés, lapidés et exécutés. Ils ont préféré périr que de renier leur foi. Ils ont été exterminés. Ils ont tous disparu. Enfin, jusqu'à la semaine dernière.

Il n'avait pas quitté Jill du regard. Tout en parlant, il avait posé ses yeux au fond des siens afin de laisser ses mots remonter le temps.

– Des archéologues ont découvert des ossements au fond d'un puits qui n'avait jamais été fouillé dans les ruines du château de Montségur, en Ariège. Montségur fut une place forte cathare. Elle a été assiégée en 1244 par six mille Croisés qui firent périr sur un bûcher les deux cents hommes et femmes qui s'y étaient réfugiés. Montségur est le lieu d'un massacre, mais aussi d'un mystère. En effet, le château protégeait un trésor cathare. Celui-ci a disparu avant la fin du siège. Il n'a jamais été retrouvé.

Un reflet doré traversa les pupilles d'Herman. Elle s'imagina des chevaliers dissimulant un coffre dans la montagne.

Il reprit :

– La personne morte dans le puits ne se trouvait pas là par hasard. On n'enterre pas les gens dans des puits. Nous devons découvrir ce qu'elle y faisait et qui elle était. Si, comme nous le pensons, le squelette date du siège, alors nous avons un témoin en provenance directe de cette époque. À nous de le faire parler !

Jill contempla ses propres mains. Blanches, presque translucides. Des mains qui n'avaient jamais connu le grand air, qui ne s'étaient jamais posées sur les roches ou les genêts. Des mains d'atelier. Des mains d'intérieur. Des mains capables d'entendre les secrets à l'abri du vent et des rayons brûlants du soleil.

– La reconstruction totale de ce squelette est un prétexte, murmura-t-elle. Vous n'avez pas besoin d'un corps entier pour trouver l'or des Cathares.

– Le fonds privé qui finance les fouilles a beaucoup de moyens. Il s'agit d'une première mondiale. Nous ne faisons que répondre à sa demande et aider les archéologues sur place à y voir plus clair.

– Sont-ils vraiment des archéologues ou des pilleurs de trésor ?

Il sourit. Elle l'avait percé à jour.

– Ce n'est pas à moi de juger ce qui est bien ou mal, moral ou immoral ! railla-t-il. Le financeur du projet sponsorise des archéologues qui font ce qu'ils croient être juste et moi, j'exerce mon métier. On nous a commandé un corps, c'est tout ce que nous devons savoir. Eh oui, peut-être que ce corps nous mènera au trésor. Mais surtout, on ne sait pas de quoi il est constitué. Métal ou pierres précieuses ? Parchemins ? Objets sacrés ? Tout est possible et c'est cela qui attire les curieux et les chercheurs d'or.

Elle hocha la tête et se dirigea vers la chambre froide. Sa conversation avec Herman était terminée, une autre discussion allait avoir lieu, cette fois-ci avec des os.

– Je travaille seule, déclara-t-elle à l'entrée de la salle.

Les muscles *buccinator* et *orbicularis* d'Herman se contractèrent et il fit une moue de déception. Il recula dans le couloir à contrecœur.

– Ok, appelle-moi si tu as besoin d'aide, capitula-t-il.

Elle referma la porte et inspira le froid artificiel de la pièce. Un silence de métal et de plastique y régnait. L'air statique attendait qu'elle entre en contact avec les os. Doucement, comme on réveille un enfant au petit jour, elle souleva le couvercle de la boîte et laissa la lumière des néons se répandre sur le puzzle corporel. Puis, délicatement, elle l'aligna pièce après pièce sur la table.

Tel un pantin désarticulé, le squelette prit forme et Jill perdit la notion du temps. Il lui sembla que le corps recroquevillé dans la boîte s'étirait au fur et à mesure qu'elle disposait le sacrum, le rachis lombaire, les clavicules, les métacarpes, les fémurs, les orteils. Les os se laissèrent toucher et interrogèrent ces nouvelles mains en retour. Que voulaient-elles ? Que cherchaient-elles ?

Jill déversa la douceur et la tiédeur de ses paumes sur les reliques froides. En échange, elle ressentit l'humidité glaciale des pierres du puits. Les os n'avaient pas séjourné dans l'eau. Le puits était à sec quand ils y avaient chuté. Jill frémit et manqua de laisser tomber une phalange. Quand ils y étaient tombés... La douleur de la chute remonta le long des talons et des condyles fémoraux. Elle grimaça. Les jambes s'étaient cassées. Elle contempla les os brisés des talus et des tibias. Une plainte l'envahit. Un cri retenu. Des phalanges et des trapézoïdes plaqués sur une bouche. Des paupières gorgées de larmes se refermant dans la peine. Le noir du trou. Le ciel bleu si loin tout à coup. Là-bas, tout en haut, inaccessible.

On frappa à la porte et elle sursauta. Herman passa une tête dans l'entrebâillement.

– Tout va bien ?

Elle se recomposa un visage et passa une main sur ses yeux imprégnés de larmes avant d'acquiescer. Une confidence avait été échangée.

Comme à chaque fois qu'il lui parlait, Hermann eut l'impression de la déranger. Cette fille se comportait de façon étrange. On aurait dit que son corps était présent mais que son esprit voyageait à travers le temps ou dans d'autres univers. Dès qu'il s'adressait à elle, il était incapable de prévoir sa réaction, même pour demander une chose aussi simple que « As-tu soif ? » Communiquer avec Jill, c'était parler à une espèce humaine venue d'une autre galaxie.

– Cela fait plusieurs heures que tu es enfermée, poursuivit-il. Il fait nuit. Nous allons partir. Tu as besoin de quelque chose ? Tu veux que je te commande une pizza ? Tu as déjà mangé une pizza, rassure-moi ?

– Oui, balbutia-t-elle. On s'en faisait livrer quand on restait tard à travailler, avec Monsieur Molineux.

Il sembla soulagé, comme s'il doutait qu'elle appartienne au même monde que lui.

– Tu devrais dormir un peu, suggéra-t-il. Je te ramène chez toi.

Jill accepta malgré l'envie de poursuivre sa conversation silencieuse avec les os. Mais ceux-ci l'avaient ébranlée plus que de coutume. Ce n'étaient pas des os ordinaires. Ils avaient quelque chose à dire. Quelque chose à lui dire, à elle.

Peu après, Herman la déposa au pied de son immeuble et elle retrouva le calme des insectes et des clichés en noir et blanc. Elle alluma la petite lampe du salon et ouvrit un paquet de biscuits. Épuisée, elle s'enveloppa dans la couverture du canapé et s'y allongea. Elle ne pouvait s'empêcher d'imaginer les ruines reprendre vie. Le château de Montségur se dresser à nouveau sur sa colline. Le village se réveiller à ses pieds. Des sentiers être foulés par des chausses de paysans et des métayers.

Elle ferma les yeux. Des chants résonnèrent dans la chapelle de la forteresse. Identiques à ceux écoutés par sa mère. Des prières et des voix s'élevant vers Dieu.

Hermann resta un moment dans la camionnette à regarder les lumières du hall, de l'escalier puis de l'appartement de Jill s'allumer une à une. Il savait qu'elle ne risquait rien, mais il voulait s'assurer qu'elle ne rentrait pas dans le noir. Il ne pouvait pas expliquer pourquoi. Peut-être parce qu'elle était si différente qu'on aurait dit qu'elle s'était échappée d'un film ou d'un roman. Rien n'était normal, avec elle. Ni sa façon de marcher, ni sa façon de parler, ni sa façon de regarder les gens. Il l'avait surprise en train de caresser les os. Elle agissait comme si le présent n'avait pas d'importance, comme si uniquement le passé comptait. Il se demandait si elle ne vivait pas en décalage avec sa propre époque. Quelqu'un né au mauvais siècle, perdu à travers les âges.

Il finit par démarrer et rentrer au laboratoire. Lucy était encore à son bureau. Il fut soulagé de ne pas être seul. Sa présence était rassurante parce qu'elle était ordinaire. Avec Lucy, pas d'imprévus. Elle était une scientifique, elle ne laissait rien au hasard. Tout était sous contrôle, ses gestes et ses paroles.

– Hallo, Herman Keiser ! lança-t-elle avec son accent allemand qu'elle exagérait toujours pour prononcer son nom alors qu'il n'avait aucune origine germanique.

Il s'assit à côté d'elle. Il trouvait son énergie et son pragmatisme réconfortants. Un petit modèle de femme active et d'humeur égale. Quelqu'un sur qui il pouvait compter. Elle était en train de trier des photos prises par des drones au château de Montségur.

– Ce sont les clichés de Simon de Roqueferre ? l'interrogea-t-il.

– Ja.

Simon de Roqueferre finançait les fouilles. Herman trouvait ses ambitions extravagantes. Il était prêt à tout mettre en œuvre pour arriver à ses fins. C'était d'ailleurs lui qui rétribuait Anthropolab alors qu'il aurait été plus simple de mandater un laboratoire d'État et beaucoup moins coûteux. Mais Simon de Roqueferre, du haut de ses vingt ans et de sa fortune familiale, se comportait en enfant capricieux. Il exigeait les dernières technologies, les meilleurs archéologues... Herman devait reconnaître qu'il avait été flatté d'avoir été choisi. Oui, son laboratoire était le plus performant au monde.

– Ce garçon s'amuse ! railla-t-il en prenant l'une des photos. Les drones sont des gadgets. Les clichés aériens ne servent qu'à vérifier de vieilles constructions englouties sous des champs. À Montségur, on est au milieu de la montagne et de la forêt!

Lucy n'était pas de son avis.

– On a retrouvé des cités perdues en Amazonie de cette façon, lui rappela-t-elle.

– Mais Montségur n'est pas une ville disparue. C'est une forteresse en ruine qu'on fouille depuis des dizaines et des dizaines d'années...

– Ja, mais la découverte vient tout remettre en cause, le contredit-elle. Si on n'avait pas trouvé ce puits, qu'est-ce qu'on n'a pas trouvé d'autre?

Herman hocha la tête. Il pouvait sentir que cette enquête archéologique ne serait pas habituelle, non pas à cause des moyens mis en œuvre par Simon de Roqueferre, mais parce qu'il avait confié à Jill la reconstruction du squelette.

– Elle est «seltsam», la nouvelle, enchaîna Lucy comme si elle avait suivi le cours de ses pensées. Elle est bizarre.

Il acquiesça. En effet, il n'y avait pas plus bizarre que Jill. À part peut-être Simon de Roqueferre, qui n'était pas beaucoup plus âgé et tout aussi loufoque dans un autre style. Oui, rien qu'avec la participation de ces deux individus déroutants, leur mission promettait d'être hors du commun.

– On dirait qu'elle n'est pas d'ici, continua Lucy. Je veux dire, pas étrangère, mais d'aucun pays ou d'aucune nationalité. On vient tous de quelque part... Elle, on croirait qu'elle vient de nulle part.

– Elle n'a connu que le professeur Molineux, tenta d'expliquer Herman. Grandir avec une personne âgée, ça rend différent.

Elle lui adressa un regard qui signifiait « non, tu vois bien qu'elle n'est pas normale ».

– C'est la plus forte dans son domaine, conclut-il. Elle n'a que seize ans, il va falloir l'aider.

MARIE

Le tocsin sonna et Marie suivit sa mère jusqu'à l'étable pour détacher la chèvre. Il fallait la monter avec elles au château. Les deux femmes savaient exactement ce qu'elles devaient emporter. Elles avaient répété ces gestes un nombre incalculable de fois. Malgré l'habitude, sa mère tremblait en enchaînant les prières. Elle invoqua Dieu et la Vierge pour leur protection.

– Prie, ordonna-t-elle à sa fille. Prie ! Un jour, les Croisés arriveront, alors implore le Seigneur pour que ce ne soit pas aujourd'hui.

Marie s'exécuta. C'était plus pour la rassurer elle que pour se protéger. Elle n'aimait pas quand sa mère se laissait submerger par la peur.

Les deux villageoises rattrapèrent les autres habitants derrière les murailles et Marie put poser le sac de provisions qui lui avait broyé le dos, ainsi qu'attacher leur bête. Son père se trouvait déjà dans l'enceinte.

– Un groupe de cavaliers a été signalé à Montferrier, leur expliqua-t-il avant de monter sur les remparts pour guetter la menace.

Marie rejoignit Pascau qui s'était assis sur la margelle du puits sec. C'était leur lieu de rendez-vous en temps de siège. Ils s'y retrouvaient et l'attente paraissait moins longue.

– J'espère qu'on ne va pas lanterner trop longtemps, soupira-t-elle en se hissant à ses côtés.

Elle suivit des yeux son père et les autres hommes qui se postaient le long des murs crénelés.

– Seul Dieu le sait, répondit le garçon en jetant lui aussi un coup d'œil vers le haut de la forteresse.

Derrière les silhouettes sombres des guetteurs, le ciel s'étalait à n'en plus finir. Ce début de mois de mars était froid et beau. La promesse de la fin de l'hiver empêcha Marie d'avoir froid. Bientôt, le printemps s'installerait pour de bon, puis l'été. Bientôt, elle pourrait cueillir de la gentiane et de l'aubépine.

– Pourquoi ce puits est asséché ? demanda-t-elle soudain.

Il était si profond que son extrémité se perdait dans le noir.

– C'est l'eau qui décide où elle va, lui rappela-t-il. Elle a dû trouver un autre chemin.

Pascau et son père étaient ceux qui avaient désigné l'emplacement du nouveau puits, à l'autre extrémité de la place forte. Ils avaient entendu le murmure liquide à travers la roche. Ils ne se trompaient jamais.

– Ce trou ne sert à rien, marmonna-t-elle.

– Il ne faut pas dire cela. On ne sait peut-être pas encore à quoi il va servir. On pourrait y descendre ?

Elle éclata de rire.

– Mais pour y faire quoi ?! Il fait sombre et il n'y a rien.

Pascau s'esclaffa aussi.

– Chut, fit-il, tout le monde nous regarde !

En effet, la mère de Marie les fixait d'un drôle d'air qui semblait signifier « Ce n'est pas le moment de s'amuser ! »

Carbone 14

Le lendemain, Herman réunit tout le monde en salle de réunion afin de faire le point sur les ossements de Montségur. Il y avait du nouveau, si l'on se fiait aux taches rouges apparues sur la peau de son cou. Herman était bouillant, il ne perdit pas une minute.

– Lucy, démarra-t-il, tu as reçu des résultats, il me semble ?

– Les analyses au carbone quatorze nous donnent une période entre 1230 et 1250, annonça-t-elle. C'est-à-dire que cette personne a très certainement vécu et péri lors du siège de 1244. Je viens d'envoyer les résultats aux archéologues sur place.

– Que savons-nous d'autre ? questionna-t-il en se tournant vers Matt.

– Les ossements appartiennent à une femme, enchaîna-t-il. Sans doute jeune. D'après son bassin, je dirais qu'elle avait entre quatorze et seize ans. Nous avons relevé aussi de nombreuses fractures, notamment sur les membres inférieurs.

– Elle est tombée dans le puits, le coupa Jill.

Tous les regards se braquèrent sur elle.

– Elle est tombée dans le puits, répéta-t-elle. Personne n'est venu la secourir. Elle n'a pas pu remonter à la surface parce que ses jambes étaient cassées.

– Tu as certainement raison, approuva Matt. Les relevés des os vont dans ce sens. Ce qui est inhabituel, c'est leur qualité de conservation. Normalement, dans l'eau, ils auraient dû se détériorer.

– Le puits était à sec, le coupa de nouveau Jill. Elle ne s'est pas noyée. Elle est tombée dans le puits et y est morte de faim. Personne n'est venu la secourir.

Un courant d'air froid leur parcourut la nuque.

– Ton hypothèse se tient, réfléchit Herman dont les plaques pourpres remontaient à présent jusqu'aux oreilles. Si cette jeune fille faisait partie de la communauté cathare, aucun d'entre eux n'a pu venir la chercher puisqu'ils ont tous fini sur le bûcher.

– Elle est morte seule dans le noir, souffla-t-elle.

Gustavo, Lucy, Matt et Herman se raidirent.

– Nous ne pourrons pas garder longtemps les os de cette malheureuse, reprit ce dernier. Aujourd'hui, nous allons les numériser pour que Jill puisse commencer la reconstruction du squelette et que nous découvrions à quoi cette pauvre Cathare ressemblait.

– Je souhaite scanner le squelette et prendre mes propres mesures, enchaîna Jill.

Le reste de l'équipe ne la considéra pas d'un très bon œil. Les plaques rouges d'Herman devinrent écarlates.

– Ok, concéda-t-il. Chacun est libre d'appliquer sa méthode personnelle de travail. Nous n'avons pas que Montségur à traiter. Pendant que tu t'occupes de l'inconnue du puits, nous allons avancer sur les autres dossiers.

En quittant la pièce pour récupérer le squelette, Jill entendit Matt se plaindre que la situation n'était pas «réglo» et qu'elle bénéficiait d'un traitement de faveur. Elle s'en fichait. Seuls les os comptaient. Elle voulait répondre à leur appel. Percer le secret qu'ils avaient conservé jusqu'à ce jour.

Minutieusement, elle plaça chaque morceau dans le scanner et prit les centaines d'images nécessaires au logiciel de M. Molineux. Entre ses doigts, elle put sentir les espaces vides de muscles et de nerfs. Ses os avaient porté des tendons et de la chair. La vie avait palpité en eux. Ils avaient grandi et s'étaient développés jusqu'à ce jour funeste où ils s'étaient brisés.

– Je n'avais jamais vu ce genre de cale en mousse! s'exclama Herman en passant vérifier qu'elle ne manquait de rien. C'est très ingénieux.

Elle lui lança un regard désapprobateur. Il ne pouvait s'empêcher d'aller voir si tout allait bien et de s'inquiéter pour elle. Pour une jeune fille qui n'avait jamais connu l'autorité de parents ou la viscosité d'un petit frère, c'était irritant.

– Ok, je te laisse tranquille! céda-t-il. Je suis simplement venu te dire que les archéologues sur place à Montségur vont t'envoyer les informations qu'ils ont récoltées concernant les habitants du village au XIIIe siècle. Leur régime alimentaire, leur origine ethnique, leur hygiène... pour la reconstruction corporelle. Le musée archéologique de Toulouse prévoit de lui accorder une place de choix dans sa collection.

– Je ne me suis jamais occupée d'habits ou de chaussures, déclara-t-elle.

– Tu n'auras rien à faire. Toulouse s'en chargera. Ils ont l'habitude de collaborer avec des couturiers professionnels. Quand penses-tu avoir fini la numérisation ?

– Un corps entier peut prendre plusieurs jours, expliqua-t-elle. Ensuite, je commencerai par l'analyse du crâne.

– Parfait. Dis-moi si tu as besoin de quoi que ce soit et...

Elle le poussa dehors de ses grands yeux sombres. Il hésita avant de sortir.

– Je suis content que tu aies rejoint l'équipe d'Anthropolab. Tu es un peu bizarre, mais je t'aime bien. Être sauvage n'est pas un défaut quand cela est mis au service de la science.

Il avait rougi et elle le considéra comme un alien. On ne lui avait jamais fait de compliment ou témoigné de l'intérêt autre que professionnel.

– Merci, marmonna-t-elle.

Elle voulait vraiment qu'il sorte de la pièce, maintenant.

* * *

Hermann recula sur la pointe des pieds. Cette nouvelle collaboratrice allait avoir besoin de temps pour s'acclimater et comprendre comment fonctionnait une équipe, enfin des personnes. Il fallait qu'il se montre patient. Lui aussi, enfant, il n'avait pas été tout à fait comme les autres. Il avait passé plus de récrés à lire des livres sur le Paléolithique qu'à jouer au football et, ado, plus de week-ends à visionner des documentaires sur les techniques de fouilles sous-marines ou d'IRM de momies incas qu'à boire des bières au square du quartier avec ses potes de lycée. On l'avait traité de nerd, d'attardé et de débile. Et comme il parlait déjà très vite, sans doute à cause du stress causé par le jugement de ses semblables, on l'avait affublé du surnom de Speedy. Ses camarades de classe se moquaient de son débit sans écouter ce qu'il disait vraiment. Jusqu'à ses études supérieures, il avait cru que la datation radiométrique du carbone 14 n'intéressait que lui.

– Hermann ! l'appela Lucy à la façon d'un colonel prussien. Téléphone !

Il émergea de ses pensées et prit le combiné qu'elle lui tendait.

– Allô.

– Bonjour. C'est Simon de Roqueferre.

– Bonjour.

– J'appelais pour savoir si vous aviez réussi à embaucher l'assistante de Molineux.

Herman se demanda si exiger les meilleurs scientifiques était de l'arrogance ou du perfectionnisme.

– Elle s'appelle Jill Fouqueroy, répondit-il.

– Il faut que ce soit elle qui réalise la reconstruction.

– Elle est déjà au travail, répliqua Herman, pas peu fier de l'avoir devancé.

– Parfait. Ce n'est pas une commande comme les autres. Cette découverte va bouleverser nos connaissances et pas seulement à propos du château.

Il paraissait sûr de lui malgré son jeune âge. Il y avait quelque chose de mystérieux qui émanait de ses mots, comme s'il possédait des connaissances que les chercheurs ignoraient.

– L'archéologie est une enquête dans le temps, répondit Hermann prudemment. Nous allons tenter de la résoudre. Nous allons chercher à savoir qui est mort dans le puits. Jill va nous dire à quoi elle ressemblait.

– Tenez-moi informé. Vous savez, Montségur est un lieu particulier où il s'est passé des événements inhabituels. On le sent dans la terre, dans les ruines, dans la forêt. Ce squelette est donc très spécial.

Herman raccrocha et demeura pensif quelques minutes. Pourquoi Simon de Roqueferre s'intéressait-il autant à ces vieilles pierres ? Pour la légende concernant un trésor disparu ? Cela était peu probable. Il était riche. Non, il s'agissait d'autre chose. Il aurait pu financer n'importe quelles fouilles, percer à jour le mystère des pyramides ou renflouer le *Titanic*, que cherchait-il donc à Montségur ?

MARIE

– Demande à ta fille de soigner ma jument, ordonna le bailli au père de Marie.

– Ton avoine est mauvaise, c'est ce qui la rend malade, répliqua-t-il.

Marie se tenait près de la cheminée sans oser lever les yeux. Le bailli était le chef de la communauté. Elle préférait ne pas se mêler de ses affaires, car il commandait le village et rendait la justice. Elle n'était pas la seule à le craindre. Ses parents et les autres habitants évitaient d'attirer son attention et redoutaient que leurs gestes ou leurs attitudes soient mal interprétés. Personne ne voulait passer pour un Infidèle ou un païen.

– Ma fille ne connaît pas les humeurs des bêtes, enchaîna son père.

– Homme ou cheval, c'est pareil ! Nous sommes tous des créatures de Dieu. Je te paierai en sel. Deux sacs. Le premier aujourd'hui et le second si ma carne guérit.

L'offre était généreuse ; son père accepta en bougonnant. Refuser aurait été mal pris et il appréhendait de froisser le bailli.

– Comme tu veux, mais je ne te promets rien. Ma fille soigne les coups de froid des vieillardes, c'est tout. Laisse le sel sur la table. Marie, accompagne le bailli !

Impossible de désobéir. Elle ajusta son bonnet afin qu'il ne puisse pas croiser son regard et attrapa son panier d'herbes curatives. Elle n'aimait pas le gros homme qui exigeait d'eux obéissance. Il décidait de tout pour tout le monde.

Elle le suivit à contrecœur à l'arrière de sa maison où était attachée sa jument. Elle s'appliqua à marcher normalement pour être prise au sérieux et ne pas passer pour une fillette. Elle avait du mal à se retenir de gambader. Heureusement, il n'habitait pas loin.

– La voilà, dit-il en la tirant par la bride. Elle a des diarrhées.

L'animal faisait peine à voir. Maigre et le poil terne, il dépérissait. Marie approcha et lui caressa l'encolure. Elle chercha à reconnaître les symptômes. La base de la queue était irritée et le poil cassant. Sans doute à cause de démangeaisons. Elle palpa son ventre doucement et laissa glisser ses mains sur son corps robuste. Elle inspecta ses yeux, sa langue et son crottin.

– Elle a des vers, déclara-t-elle.

– Tu en es sûre ?

Elle hocha la tête.

– Sarriette, fit-elle à la façon d'un apothicaire.

Elle en avait récolté sur la falaise. C'était une plante qui ne se laissait pas facilement attraper.

– Je vais te préparer un remède, poursuivit-elle.

Elle quitta le bailli sans plus d'explications. Elle n'aimait pas partager ses secrets, encore moins avec lui. Elle se sentit soulagée que la bête ne souffre pas d'une maladie inconnue ; elle ne voulait pas être en concurrence avec les décisions de Dieu, surtout pas pour un homme qui détenait autant de pouvoir. Soigner pouvait être mal vu. Elle avait entendu des médisants raconter à propos de la vieille Viana qu'elle ne devrait pas se mêler des affaires divines, que cela était l'œuvre du Diable. Heureusement pour Marie, un estomac plein de vers, qu'il soit humain ou animal, c'était courant. Et facile à traiter.

Catharsis

Quand toutes les parties du squelette de la jeune fille furent scannées, Jill fixa la masse de données à traiter sur son ordinateur. Cela représentait des milliers de mesures et d'algorithmes. Une surface inédite à étudier et à recomposer pour un seul être humain. Elle contempla son écran saturé de chiffres et se demanda ce qu'elle allait découvrir. Elle hésita à lancer le logiciel de M. Molineux. « Redonner un visage à un mort est à la fois l'œuvre de Dieu et l'œuvre du Diable », lui avait-il répété. Que lui apprendrait l'inconnue du puits ? Quels que que soient ses traits, ils bouleverseraient sa vie, elle en avait la certitude. Elle prit une profonde inspiration, ferma à clef la porte de son bureau et tapa le mot de passe de M. Molineux. Ça y était. Les os allaient parler.

L'épluchage constituait la première étape du programme. Elle admira l'ordinateur dépouiller les os de leur couche de poussière et de sédiments afin de leur rendre un aspect propre et lisse, comme s'ils venaient tout juste de se défaire du corps qui les recouvrait. Puis elle lança l'étude métrique du phénotype cutané, soit les caractéristiques physiques des populations européennes du XIIIe siècle. Elle vérifia ensuite que la diagnose sexuelle était bien celle d'une jeune fille et arriva aux mêmes conclusions. L'inconnue du puits devait avoir à peu près son âge à sa mort. Les dents confirmèrent son diagnostic, ainsi que la synostose des sutures crâniennes. Elle put donc démarrer l'étude anthropométrique du crâne à partir d'indices et d'angles de points anthropométriques. Os frontal, opisthocranion, point infraorbitaire, maxillaire...

Plus elle avançait et plus elle avait l'impression de connaître les dimensions de la tête. Elle lui semblait tellement familière qu'elle se demanda si elle ne l'avait pas étudiée avant. Non, impossible, le squelette venait d'être mis au jour... Jill commença à redouter ce qu'elle allait découvrir.

Au bout de soixante-douze heures, Herman l'obligea à rentrer chez elle.

– Je repasse dans quinze minutes, la menaça-t-il, et je ne veux plus te voir dans ton bureau !

Elle enregistra ses avancées et croisa ses bras sur sa poitrine. Les repères tridimensionnels des tissus mous, des yeux, des oreilles, de la bouche et du nez avaient été calculés. Elle n'avait qu'à appuyer sur la touche *enter* pour voir une première ébauche et démarrer le modelage. Elle ne parvenait pas à s'y résoudre. À côté de l'écran, la reproduction en résine du crâne la défiait de ses orbites vides.

Sans réfléchir, elle l'attrapa, le glissa dans la caisse contenant le matériel de M. Molineux, imprima la liste des repères tridimensionnels et s'enfuit vers chez elle.

Elle se perdit plusieurs fois avant de retrouver son chemin. Elle n'avait jamais pris le bus, ni marché dans la ville. Elle déambula telle une somnambule, son carton sous le bras.

Elle marcha plus qu'elle ne l'avait jamais fait. Les mille senteurs d'un monde qu'elle ne connaissait pas la submergèrent. Des odeurs de poulet grillé échappées d'une rôtisserie, un parfum de musc jaillissant d'une enseigne de cosmétiques, celui du goudron chaud que déversait un ouvrier sur la chaussée, la fragrance épicée d'un restaurant asiatique, une émanation de bouche d'égout.

Elle parvint à son appartement et, épuisée, se laissa tomber dans le canapé du salon pour s'endormir sur-le-champ. Lorsqu'elle rouvrit les yeux, il faisait nuit noire. Elle consulta la pendule du mur entourée de papillons bleus. Trois heures du matin. Elle se passa le visage et les mains sous le robinet d'eau froide de la cuisine puis demanda l'autorisation au buste de M. Molineux de commencer son œuvre.

Il lui sembla entendre la voix de son guide lui répéter l'ordre dans lequel poser les quarante points de repère servant de marqueurs d'épaisseur tissulaire et de respecter les vingt-quatre muscles virtuels pouvant se contracter : « Même si le visage est immobile, il faut qu'il donne l'impression d'être capable de générer d'autres expressions faciales. »

Elle installa la réplique du crâne sur un socle et posa ses mains dessus. Elle ferma ses yeux et laissa ses doigts réchauffer la surface lisse. Un chant grégorien monta en elle. Mécaniquement, elle prépara la résine, la matière et les pigments qui allaient constituer la peau. Comme une pâtissière. Au gramme près. La jeune fille était morte au mois de mars. Sa peau n'avait pas encore pris les teintes de l'été. Elle posa les repères de densité et appliqua les couches de carnation. Les lèvres délicates, les joues fines, le nez court, les cernes creusés par la faim, les tempes fragiles. Le crâne devint tête et la tête devint face. La face devint traits et les traits devinrent visage.

Lorsque Jill retira ses doigts du buste à qui il manquait encore un regard et une chevelure, une vague de larmes la submergea. Les larmes qu'elle n'avait jamais versées. Ni sur elle-même, ni sur ses parents, ni sur M. Molineux.

Elle fixait son propre visage.

Elle se perdit dans la contemplation infinie du buste de la jeune fille. Elle ne savait plus qui elle voyait. Elle-même, ou une inconnue du XIIIe siècle ? Une inconnue ?

Elle n'en était plus si sûre que ça. Était-ce elle-même qui était ressuscitée ou une lointaine ancêtre venue lui délivrer un message ? Que cherchait donc ce visage, identique au sien, à lui dire ? La nuit devint jour et le jour devint nuit plusieurs fois sans qu'elle renonce à sa contemplation. Sa propre vie s'était jetée sur sa figure. Une claque sans mains et sans doigts. Une claque de visage.

Le téléphone sonna et sonna encore. Le placard aux paquets de biscuits se vida. Jill et le buste de M. Molineux interrogeaient la tête jumelle.

On finit par frapper énergiquement à la porte et la voix d'Herman filtra à travers le bois.

– Jill, je sais que tu es là. Tout va bien ? Ouvre ! Je m'inquiète. Le crâne reconstitué a disparu. C'est toi qui l'as ? Jill ? Ouvre ! J'ai du Coca et des pizzas !

Elle tourna la tête vers l'entrée de son appartement comme si elle émergeait d'un songe.

– J'ai pris ma caisse à outils ! cria Herman. Depuis que je te connais, je ne m'en sépare plus. Si tu n'ouvres pas, je défonce la serrure !

Aussi lentement et instablement qu'elle s'était levée la première fois, elle marcha vers la porte. Dès que le verrou fut libéré, Herman fit irruption dans l'appartement, un marteau à la main. Un flot de plaques rouges lui recouvrait la gorge et les joues.

– Jill ! s'exclama-t-il. Tu ressembles à un zombie !

Puis, réalisant qu'elle avait emporté son ordinateur et exécuté la reconstruction faciale chez elle, il s'énerva.

– Je t'interdis de rapporter les objets d'étude chez toi, fulmina-t-il.

Lorsqu'il découvrit le visage sur la table, sa colère fondit immédiatement. Éberlué, il s'assit sur le canapé et fixa le buste de la jeune fille.

– Mais c'est toi ! suffoqua-t-il.

Il fallait qu'il prenne une décision… il ne savait pas laquelle. Il hésitait entre cacher cette réplique parfaite et crier au miracle scientifique. Il n'avait aucune idée de ce qui était en train de se produire. Comment était-ce possible ? Sa raison ne trouvait aucune explication plausible. Génétiquement, il était possible qu'il existe des sosies à travers les siècles, mais la probabilité qu'ils se rencontrent devait être si infime qu'il n'était pas certain qu'il s'agisse du hasard. Non, quelque chose qu'il ne comprenait pas était en train de se produire… quelque chose de fascinant et d'effrayant.

MARIE

Elle avait suivi Pascau et son père en cachette. Personne n'avait le droit de les accompagner quand ils partaient en quête d'une branche de coudrier afin de capter le murmure de l'eau. Cela était secret de sourcier. Elle évita soigneusement les racines sèches et les cailloux du chemin pour ne pas se faire repérer. Se déplacer en silence était facile et comme un jeu. Elle savait mieux que personne danser sur les sentiers. Elle s'était tenue à bonne distance et s'était cachée derrière un tronc à chaque fois qu'ils s'arrêtaient pour inspecter un arbre. Elle ne pouvait pas distinguer ce qu'ils se disaient, mais parfois un mot flottait jusqu'à elle. Elle avait entendu: «rameaux», «fourche», «sève» et «pluie».

Ils s'immobilisèrent sur le versant boisé où elle avait rejoint Pascau après le sermon du prêtre avant de se baigner dans la rivière. Elle dut rester à l'écart et se dissimuler derrière un buisson de genévrier. À travers les branches, elle vit le père de Pascau sortir son couteau et attraper un rameau. Il murmurait des phrases incompréhensibles, dans la vieille langue de la montagne, sans doute une incantation qui ne devrait pas tomber dans l'oreille du prêtre ou du bailli.

Pascau l'aida et ils coupèrent le morceau de bois magique qui leur permettrait d'entrer en contact avec l'eau cachée dans la terre. Leurs gestes étaient précis, simples et millénaires. Ils remercièrent le noisetier puis repartirent vers le village.

Marie se tassa derrière les feuilles pour ne pas être découverte. Les femmes n'avaient pas le droit d'être sourcière. Les femmes ne devaient pas écouter les secrets des hommes.

Elle attendit qu'ils soient loin pour émerger de sa cachette et se dirigea vers l'arbre qui avait offert une partie de lui-même. Elle posa ses mains sur sa surface rugueuse et ferma les yeux. Elle écouta. Elle tendit l'oreille à travers ses doigts pour comprendre ce qu'il avait à lui dire, et peut-être ce qu'il avait raconté aux deux hommes. Cet arbre était relié à la terre. Il connaissait les mystères des profondeurs, il communiquait avec les racines, la roche, la mousse et l'air.

Le soleil s'invita et l'écorce vibra. Marie perçut le frisson de ce torse de bois. C'était comme un corps. Des palpitations, des murmures, des songes... une vibration à l'unisson de la forêt et de la nature. Ici, tout se répondait, il suffisait d'écouter le vent et de poser ses paumes sur la peau des hêtres et des chênes.

Elle perdit la notion du temps. Pas seulement des heures de la journée, mais de sa vie. Au côté de l'arbre, elle ne sut plus si elle était une petite fille ou une vieille femme. Les années des arbres ne sont pas les mêmes que celles des hommes. Et au-delà, il lui sembla que l'arbre lui montrait un autre âge, une époque lointaine. Comme un écho, comme si quelqu'un avait crié dans un puits et que l'eau avait transporté la clameur jusque dans sa sève.

Enveloppe corporelle

Jill et Herman n'avaient pas bougé du canapé suranné. Le visage impassible en silicone les en empêchait. Le temps s'était arrêté.

– Matt a terminé les analyses chimiques, murmura Herman sans parvenir à détacher ses yeux du buste. Il semblerait qu'elle soit bien morte de faim. Les fractures ne l'ont pas tuée, tu avais raison.

Il n'avait pas demandé à vérifier ses points de repère. Il s'était assis près de Jill et avait contemplé les traits vieux de plusieurs siècles avec fascination.

– C'est incroyable, poursuivit-il. Comment est-ce possible ? On redouterait presque de lui ajouter des cheveux et des globes oculaires tant elle te ressemble.

Il n'avait pas osé toucher la jeune fille. Cela aurait été pareil que toucher Jill. Il n'aurait pas su où poser ses mains. Il n'aurait pas su quoi ressentir. Il avait peur de ressentir quelque chose.

– Il va falloir la ramener au labo. Elle ne nous appartient pas. Simon de Roqueferre l'a commandée. Il l'a financée. Elle lui appartient.

Il servit deux verres de Coca qui pétillèrent sur la table basse sans qu'aucun d'eux les boive. Les bulles s'échappèrent du liquide brun, et ils demeurèrent immobiles devant le visage ressuscité.

– Tu te sens capable de réaliser le squelette entier ? s'inquiéta-t-il comme si son travail était subitement devenu incestueux.

Elle hocha la tête. Il lui suffirait de réaliser un moulage dc son propre corps.

– J'ai besoin de revoir les os, déclara-t-elle.

Reconstruire la tête ne lui avait pas permis de répondre à ses questions. À l'inverse, elle en avait soulevé un millier d'autres. Il fallait qu'elle pose à nouveau ses doigts sur les restes de la jeune fille. Il fallait qu'elle les sonde plus profondément qu'elle l'avait fait auparavant.

– Nous les avons restitués aux archéologues, répondit Herman. Ils ne sont plus là. Nous n'avons que les reproductions. Nous avons récolté toutes les données et les prélèvements dont nous avions besoin.

Jill se redressa avec effroi. On lui avait volé les os ! L'idée qu'elle ne puisse plus les toucher lui sembla intolérable. C'était comme s'ils lui appartenaient, comme s'ils étaient venus la chercher et qu'on les lui avait arrachés. Elle se releva et planta ses yeux dans ceux d'Herman.

– Je dois les voir ! Il faut aller les chercher.

Elle avait hurlé. Elle se sentait amputée, mutilée.

– Et comment ? répliqua-t-il. En faisant sauter un verrou à coups de marteau ?

– Oui !

– Il y a des règles, Jill ! se fâcha-t-il. J'ignore dans quel pays tu as grandi, mais on ne fait pas toujours ce qu'on veut, briser des cadenas parce qu'on souhaite récupérer un objet, rapporter des sujets d'étude chez soi, disparaître pendant des jours sans donner de nouvelles ou exiger des reliques archéologiques selon son humeur... Je comprends que le résultat te bouleverse mais tu ne peux pas agir ainsi !

Il s'adoucit en découvrant les larmes qui menaçaient ses yeux. Il se sentit face à deux sœurs, l'une de chair et de sang, l'autre de silicone. Toutes les deux si jeunes dans le monde qui les entourait.

– Ok. Ce que je te propose, c'est d'aller toi-même apporter ton travail quand il sera achevé. Tu demanderas à Simon de Roqueferre de te montrer le squelette. Il est le seul à pouvoir en décider.

Elle se décomposa. Elle allait devoir attendre des jours, voire des semaines, avant de retrouver les os.

– Je ne peux pas mieux faire, souffla-t-il. Si je demandais à ce qu'on nous le renvoie, Anthropolab ne serait plus pris au sérieux. On penserait que nous n'avons pas bien fait notre job et que nos analyses sont incomplètes. Je ne risquerais pas notre réputation. D'autant que...

Il marqua un temps – ce qui était inhabituel pour lui – et lança un coup d'œil au visage impartial.

– D'autant que je n'ai jamais vu un tel résultat. Ta reconstruction est extraordinaire.

Puis il prit conscience du lieu où il se trouvait. Le canapé usé, les insectes sous verre, les piles de paquets de biscuits, la tête de M. Molineux, le plaid aux motifs médiévaux et les pieds nus de Jill.

– Je crois qu'il est temps de t'acheter des chaussures. Des vraies. Une paire pour aller en voyage.

Avant de retourner au laboratoire, ils passèrent par un magasin de sport et elle choisit des baskets. Des blanches, en toile. Lorsqu'elle noua ses lacets, Herman découvrit qu'elle les serrait d'une manière incongrue, à la façon d'un enfant touillant ses spaghettis avec ses doigts.

- Dommage que les scratchs ne soient plus à la mode, lança-t-il tout rouge à la vendeuse en lui tendant sa carte de crédit.

Le buste de la jeune fille fit sensation au laboratoire. Matt, Lucy et Gustavo doutèrent même du résultat tant il paraissait réel.

– C'est une réalisation magnifique, commenta Matt, mais c'est étrange qu'elle te ressemble tant. C'est déstabilisant.

– Les calculs et les repères de Jill sont exacts, intervint Herman rapidement afin de ne pas laisser le scepticisme se propager.

En effet, les scientifiques qu'ils étaient avaient du mal à accepter que le visage reconstitué soit identique à celui de Jill.

– Peut-être que si on lui choisit des yeux et des cheveux d'une autre couleur, tenta Lucy, ça les différenciera. Après tout, ils sont un résultat génétique.

– Le phénotype cutané de la population cathare est de souche caucasienne et méditerranéenne, s'offusqua Herman. On ne peut pas lui donner des caractéristiques physiques mélanésiennes ou mongoloïdes !

– On garde notre cap, décida Gustavo. On fait ce qu'on a prévu.

Le chercheur péruvien apporta la perruque et les yeux en verre créés par un atelier allemand spécialisé.

– Il faut lui donner un nom, proposa Herman. À cette époque, les femmes s'appelaient Esclarmonde, Guiraude, Raimonde, Rixende, Bruna, Alazaïs...

Aucun prénom ne semblait correspondre à la jeune fille du puits. Son identité résidait dans ses os. Jill le savait. Elle ne parviendrait à la nommer que lorsqu'elle aurait interrogé à nouveau les reliques.

– Je propose qu'on l'appelle Marie, décida Herman. Ce prénom était très répandu au Moyen Âge et elle est morte dans une guerre de religion.

Personne ne s'y opposa et il renvoya chaque membre de l'équipe à son poste. Rester regarder trop longtemps la reconstitution de Marie n'était pas bon. Et pas seulement parce que cela créait un malaise du fait de sa ressemblance avec Jill, mais parce qu'on aurait dit que la tête cherchait à parler. La réalisation était si parfaite qu'on finissait par croire qu'un vrai visage et une vraie jeune fille se tenaient en face de vous.

Le téléphone portable d'Herman vibra et il s'arracha à la fascinante présence de silicone. C'était Simon de Roqueferre.

– Où en êtes-vous ? l'interrogea ce dernier en oubliant de le saluer.

Herman hésita à lui rappeler les bases de la politesse. Sous certains aspects, il ressemblait à Jill.

– Bonjour, Simon, fit-il en insistant bien sur le premier mot. La reconstitution est en cours. Jill effectue un travail exceptionnel. Vous ne serez pas déçu. Il lui reste encore l'enveloppe corporelle à modeler.

– D'accord, je retourne à Montségur pour voir les archéologues. Je vous y attends avec le résultat de votre mission.

– Jill souhaite être présente aussi, le prévint Herman.

Il voulait préparer le terrain. Il valait mieux que le jeune homme soit au courant de sa venue. Quant à son étrange personnalité, il ne sut pas comment l'expliquer au téléphone. Simon de Roqueferre le fit à sa place.

– J'ai hâte de la rencontrer ! Réveiller les morts, c'est être capable de voyager dans le temps. Pour être capable de réaliser une tâche aussi extraordinaire, il ne faut pas être comme tout le monde.

C'était le moins que l'on puisse dire... Herman s'inquiétait tout de même du futur comportement de Jill en Ariège.

* * *

De l'autre côté du laboratoire, Jill prit son temps avant de se lancer dans la reconstruction corporelle de Marie. Jamais elle n'avait créé des muscles de jambe ou de bras. Elle allait devoir façonner un dos, un bassin, des pieds. Elle fouilla les repères secrets de M. Molineux. Avait-il dissimulé dans ses logiciels des tables anthropométriques pour chaque membre du corps humain ? Il allait lui falloir recourir à toutes les connaissances de son mentor ainsi qu'à son flair hors du commun.

Privée de la matière d'origine, elle peina à se concentrer. Ces os n'étaient pas les vrais. Elle tenait entre ses doigts une copie de ceux de Marie. Elle ne parvint pas à calculer une ébauche satisfaisante. Il lui manquait l'essentiel, le fluide invisible de la matière. Le chant du squelette. Au lieu de poursuivre sa mission, elle compara les mesures corporelles de Marie avec les siennes. Elles étaient identiques.

Elle inspecta son propre corps comme elle ne l'avait jamais fait. Jusqu'à présent, son ventre, ses cuisses et ses coudes ne l'avaient jamais intéressée. Elle ne s'était jamais souciée d'eux. Elle ne se servait que de sa tête et de ses doigts. Comme si tout ce qui se trouvait entre son cerveau et ses mains ne possédait aucun intérêt. Elle devint son propre sujet d'étude.

Au bout de deux jours, elle rentra chez elle et se déshabilla entièrement avant de se scruter dans le miroir de la salle de bains. Elle contempla le corps de Marie. Elle l'imagina plus maigre à cause de la faim. Elle sut ce qu'elle devait faire. Offrir le sien à Marie. Partager son corps avec elle. Elle passa la nuit à mouler scrupuleusement chaque centimètre carré de son enveloppe de chair et de peau, restant immobile jusqu'à la fin du séchage, prélevant avec d'infinies précautions les formes de Marie. Moulage de plâtre après moulage de plâtre, elle créa un puzzle immaculé. Au petit jour, le salon était encombré de membres blancs et des reproductions de résine silicone qu'elle y avait coulée jusqu'à l'aube. On aurait pu croire que son corps avait été découpé et dispersé sur le tapis, le canapé et la table basse. Une explosion de pieds, de bras, d'épaules et d'articulations. Jill appela Herman pour qu'il vienne avec sa camionnette.

– Mon Dieu ! s'écria-t-il en pénétrant dans l'appartement. Jill, qu'est-ce que tu as fait ? Il y a des règles ! Tu ne peux pas bosser chez toi ! Regarde l'état de ton appartement...

Du plâtre s'était déposé sur le tapis et les meubles comme une neige fine, des seaux dégoulinants de résine et des pots de pigments jonchaient le parquet. Un malaxeur s'était affalé sur le canapé et des spatules s'empilaient sur la table basse.

– Aide-moi à charger les membres dans le coffre, ordonna Jill.

– Tu as pris toutes les mesures ? Tu es certaine du résultat ?

– Au millimètre près.

Il n'osa pas la contredire. Il savait qu'elle ne commettait pas d'erreurs mais elle le décontenançait constamment et ce jour-là, il eut l'impression d'être un criminel cherchant à dissimuler un cadavre dans le coffre de sa voiture. Un cadavre découpé, de surcroît ! Les reproductions ressemblaient tant aux membres d'un individu de chair et de sang que n'importe quel passant risquerait d'alerter la police.

Ils chargèrent le corps nu et démembré de Marie dans la camionnette le plus vite possible après avoir attendu que la rue soit déserte et retournèrent au laboratoire.

– Et maintenant, demanda Jill, on peut aller à Montségur ?

Herman, qui ne s'était pas encore délesté du sentiment d'être un assassin, haussa les yeux au ciel.

MARIE

Marie n'aurait pas dû s'arrêter. Sa mère lui avait souvent répété de ne pas parler avec la vieille Viana. Mais ce jour-là, les fagots qu'elle rapportait pour faire chauffer la marmite étaient plus lourds que d'ordinaire et elle avait fait halte à l'entrée du village pour reprendre son souffle. Elle n'avait pas remarqué la vieillarde filant la laine sur le pas de sa porte.

– Tu me fais de l'ombre, je ne vois plus mon ouvrage, grogna celle-ci.

La jeune fille se dépêcha de reprendre son bois.

– Laisse ça et approche, continua la fileuse en posant son fuseau. De toute façon, mon fil est emmêlé.

Marie hésita. Il y avait dans sa voix un ton qui ne laissait pas place à la protestation.

– Oh, je sais qui tu es et ce que ta mère te souffle ! railla la vieille. Assieds-toi sur le seuil, comme ça tu pourras dire que tu n'es pas entrée chez moi.

Marie obtempéra. Elle redoutait que cette dernière lui lance un sort si elle n'obéissait pas. Mais à peine se fut-elle approchée que la vieille Viana lui attrapa le poignet. Surprise et inquiète, Marie se laissa faire. Pour une femme si âgée, elle possédait beaucoup de force.

– Ouvre ta paume, ordonna la devineresse.

Elle s'exécuta. Elle n'osa plus bouger. Les ongles gris de la voyante glissèrent sur sa peau.

– C'est bien ce que je pensais, déclara-t-elle. Je l'avais remarqué dans ton ombre. Elle est double.

Que racontait-elle ? Marie se raidit. La vieille Viana la serrait très fort.

– Je voulais vérifier dans ta main. Tout est écrit dans les lignes... Il faut juste les lire. C'est plus fiable qu'un livre car elles ne sont pas rédigées par des moines ou des scribouillards de scriptorium, *elles sont les marques directes de Dieu, celles offertes avant la naissance.*

Ses iris délavés par les hivers étaient d'une teinte incertaine. Peut-être avaient-ils un jour été bleus ou brun clair.

– Deux ombres, deux lignes, deux chemins, reprit-elle. Ta vie est comme l'eau. Elle passe à un endroit puis à un autre. Elle traverse le temps.

Marie ne comprenait rien à ce qu'elle marmonnait. On aurait dit une prédiction. Elle commençait à avoir mal au poignet.

– Tu marcheras à nouveau, finit-elle par lui souffler en la relâchant.

Marie se releva maladroitement, ramassa ses fagots et s'enfuit jusque chez elle. Les mots de la fileuse la poursuivirent. Elle lui avait parlé comme si elle était malade ou si elle souffrait, pourtant elle n'avait mal nulle part. Qu'est-ce que cela signifiait ? Ses jambes allaient parfaitement bien... Elle aurait tant voulu partager sa mystérieuse conversation avec quelqu'un, mais sa mère lui avait interdit d'approcher de la hutte de la sorcière. Elle avait désobéi. Elle n'avait pas d'autre choix que de se taire et de tenter d'oublier ce qu'elle lui avait prédit.

Le soir, à l'heure de la prière, elle contempla ses paumes avant de les joindre. Les lignes se croisaient, se chassaient, s'étiraient ou s'arrêtaient. Elles ne ressemblaient pas du tout aux lettres des livres. Comment la vieille Viana avait-elle pu les lire ? Marie les pressa et ferma les yeux. Elle ne pouvait pas expliquer pourquoi mais, au fond d'elle-même, une petite voix lui murmurait que la fileuse avait dit vrai. Elle le sentait dans ses jambes. Elle ne faisait pas que marcher pour aller à la forêt ou au four à pain. Elle suivait un autre chemin, une route encore invisible qui pourtant se rapprochait.

Montségur

Jill n'ouvrit pas une seule fois la bouche durant les neuf heures de route menant en Ariège. À travers la fenêtre de la camionnette, elle contempla le monde, défilant tel un résumé d'époque, une séquence en accéléré de la vie qu'elle avait manquée. Les embouteillages, le flot de voitures, les panneaux publicitaires, les usines, la banlieue et l'autoroute. Elle découvrit les stations-service et la FM, des cultures de colza et des panneaux d'agglomérations : Orléans, Limoges, Cahors, Montauban, Foix, Saint-Paul-de-Jarrat.

Elle traversa la France et s'enfonça dans une terre inconnue... une civilisation ancrée dans un décor mouvant et varié. Elle quitta les couleurs de la ville pour plonger dans les teintes des champs et des collines.

Plus elle descendait vers le sud, plus il lui semblait que le paysage ressemblait à ceux, chimériques, de son salon. Le vert des arbres devint plus ardent, le brun de la terre plus intense, le blanc de la rocaille plus lumineux. Le ciel recouvrait tout. Aucun immeuble ni tour pour venir rompre le bleu et les nuages. Seules les montagnes de l'Ariège se dressaient vers lui, hissant par la même occasion Jill plus haut qu'elle n'était jamais allée.

Herman respecta son silence. Elle était comme une aveugle recouvrant la vue à l'âge de seize ans. Jusqu'à présent, Jill avait plus utilisé ses doigts que ses yeux. Il ne pouvait qu'imaginer l'émotion que les couleurs de l'atmosphère et de l'environnement procurent lorsqu'on les découvre pour la première fois. Lui aussi, dans son enfance, avait été émerveillé par la mer la première fois qu'il l'avait contemplée. Il s'était senti minuscule face à cette masse bleue mouvante. Il avait pris conscience d'être un insecte sur la planète et que le monde était beau. Mais, pour cela, il fallait pouvoir sortir de la rue, du périphérique et des parkings couverts. Il était heureux d'offrir cette perspective nouvelle à Jill. La vie était un voyage multicolore.

La route se contorsionna vers le col de Montségur. La camionnette affronta les virages dans le jour déclinant. Du rose et de l'or se déposèrent sur la chaîne des Pyrénées. Jill ouvrit sa fenêtre. Des parfums de forêt et d'estive se répandirent dans l'habitacle. Sur un versant, un troupeau de vaches couleur de terre cuite broutait paisiblement.

– Simon de Roqueferre nous attend, osa murmurer Herman. Il a hâte de découvrir ton travail. Cette nuit, nous dormirons à Montségur. Dans quelques jours, nous apporterons Marie au Musée archéologique de Toulouse.

L'air était chargé de poussières et de senteurs d'écorce. Les murailles de Montségur se dessinèrent dans le couchant. La couronne de pierres dressée sur un éperon rocheux surplombait un village.

– On va aller directement sur le chantier de fouilles, expliqua-t-il.

Elle se laissait conduire et diriger tel un cerf-volant. Elle flottait parmi les résineux et les feuillus.

Herman gara la camionnette sur le parking visiteurs et s'étira en sortant. À cette heure, les touristes avaient déserté Montségur ; seuls les archéologues rangeaient leur matériel avant de regagner la maison de fouilles. Il était heureux d'être arrivé car il adorait se rendre sur les lieux de découvertes, mais il redoutait le comportement de Jill avec les chercheurs et Simon de Roqueferre. Plus qu'au laboratoire, il allait falloir qu'il l'aide à évoluer dans ce nouveau milieu. C'était comme poser le pied sur un continent inconnu.

Jill avança sur les graviers clairs de la cour. Aussitôt, une fine poudre de roche vint se coller à ses baskets. Elle contempla cette matière inconnue et décida qu'elle voulait bien partager ses pieds avec elle. Elle n'avait jamais marché ailleurs que sur le bitume du trottoir, les graviers du parc ou les lames grinçantes de son plancher.

– Bienvenue ! lança un homme presque aussi âgé que M. Molineux en s'approchant. Vous avez fait bonne route ?

– Oui, répondit Herman en lui serrant la main. Merci, Victor. Je te présente Jill. C'est elle qui a réalisé la reconstruction.

Victor la scruta avec intérêt.

– La petite protégée de ce bon vieux Molineux...

Il lui serra la main. Ses phalanges et ses métacarpes entourèrent chaleureusement les siens.

– Victor est le directeur des fouilles, expliqua Herman. Il travaille pour Simon de Roqueferre.

Victor leva les yeux au ciel.

– Ah, les fonds privés, soupira-t-il. Et dire que l'argent appartient à un gamin de vingt ans... L'archéologie n'est pas un hobby, c'est du sérieux ! On ne sponsorise pas une campagne de fouilles comme on participe à un tournoi de jeux vidéo ou d'e-sport ! Oh, pardon, je m'égare. Quand on vieillit, on devient grincheux. Suivez-moi !

Il les entraîna vers le cœur de la forteresse jusqu'à une tente blanche couvrant la terre.

– Voici le puits, annonça-t-il. Nous sommes tombés dessus par hasard en cherchant un souterrain.

Jill s'approcha du trou. Des pierres éparses avaient dû appartenir à une margelle disparue. Les archéologues avaient déblayé son contour et construit une plateforme en bois pour y accéder. Elle s'agenouilla près de l'orifice et contempla la nuit qui s'y réfugiait... Le puits de Marie. Sa sépulture. Le lieu où elle avait rendu son dernier souffle.

– À l'époque où il a été construit, il mesurait environ dix-huit mètres de profondeur, expliqua Victor. Il s'est ensuite asséché pour des raisons que nous ignorons et nous y avons découvert le squelette de la jeune fille.

– Nous l'avons baptisée Marie, confia Herman.

– J'ai hâte de la rencontrer, se réjouit l'archéologue. C'est la seule bonne chose que procurent les fonds privés, ils financent des reconstructions hors de prix !

La fraîcheur du trou remonta jusqu'au visage de Jill. Elle posa ses mains sur la margelle effondrée. Marie avait-elle effectué les mêmes gestes ? Elle avait passé ses jambes par-dessus et était restée un moment assise sur le rebord. Le vide semblait infini et dangereusement inquiétant. Il fallait faire un choix de vie ou de mort. Descendre ou renoncer. La pierre avait conservé l'écho d'un adieu. Marie avait dit au revoir. Un cœur avait battu de chagrin. Une larme avait coulé. Des mains s'étaient écorchées. Des jambes s'étaient brisées.

– Salut !

Elle sursauta et retira ses doigts de la pierre, comme prise en flagrant délit de vol d'informations.

– Je suis Simon. Simon de Roqueferre.

Un spécimen mâle d'hominidé en jeans et baskets se tenait devant elle. Jill se redressa tel *homo erectus* et l'évalua d'un seul coup d'œil. Voûte crânienne fronto-orbitale, sphénoïde, maxillaires. Il devait avoir une vingtaine d'années. Immédiatement, elle fut parcourue par la certitude de l'avoir déjà rencontré. Possédait-il lui aussi des caractéristiques similaires à l'un des squelettes de Molineux?

– Tu es Jill? demanda-t-il.

Mais où se trouvaient Herman et Victor? Elle s'éloigna du trou.

– As-tu aperçu mon trésor? plaisanta-t-il.

Elle secoua la tête négativement. Il ne semblait pas incommodé par son silence. Il souriait. Ses incisives, ses canines et ses prémolaires étaient parfaitement alignées. Elles brillaient.

– Viens, les autres sont déjà partis pour la maison de fouilles, proposa-t-il.

Elle abandonna le puits à regret. L'ombre de Marie y planait toujours. Elle accompagna Simon dans le soir tombant jusqu'à une bâtisse en pierre.

– Je veux voir les os, déclara-t-elle avant d'atteindre le perron.

Simon s'arrêta et la scruta avec curiosité.

– Les os de la jeune fille? s'étonna-t-il. Ils ne sont plus là, ils ont été transférés à Toulouse. Je croyais que vous aviez fait toutes les études nécessaires. J'ai même commandé un test ADN.

Malgré sa déception, Jill retint le sigle ADN. Elle en toucherait deux mots à Herman. Un test ADN avait été commandé et elle n'avait pas été mise au courant.

– C'est la première fois que tu viens à Montségur?

C'était la première fois pour tout. Pour le ciel et la montagne, pour les roches et les prés, pour la route et le voyage.

– Oui.

– Ce que je préfère, lui confia-t-il, c'est le soir. Quand la nuit tombe, on entend mieux la nature.

Ils s'arrêtèrent et le soir bruissa. Le soir stridula, le soir chuinta, le soir jabota, le soir crissa. Une symphonie d'orthoptères et de petits oiseaux. Jill pensa aux insectes muets du salon, à leurs chants disparus qui se déversaient dans la montagne.

– Je t'amènerai au ruisseau, murmura Simon. Près de l'eau, c'est encore plus beau.

La phrase glissa sur la peau de Jill et trouva un chemin intérieur. Elle avait déjà entendu ces mots. Quelqu'un les avait déjà prononcés pour elle. C'était la première fois qu'elle rencontrait Simon, or à cet instant, elle n'en fut plus si certaine. Elle avait déjà entendu ces mots.

Ils retrouvèrent Herman et Victor en compagnie des autres archéologues dans la salle de réunion de la maison de fouilles. Des tessons de poterie et des pierres de toutes tailles encombraient des étagères et des caisses en plastique. Sur la table centrale, Herman avait apporté le carton de Marie.

– Allez-y ! l'invita Simon. Faites-nous voir si notre collaboration justifie la fortune que j'y investis.

En l'entendant, Victor croisa ses bras sur sa poitrine.

– L'archéologie n'a pas de prix, grommela-t-il. Les fonds privés, les fonds privés...

Mais Herman ne se laissa pas émouvoir par la remarque. Sûr de lui, il fit apparaître la tête de Marie qui avait, depuis, gagné des cheveux et des yeux de verre. Un silence remplit la pièce. Simon et les archéologues se rapprochèrent de la table pour contempler l'inconnue du puits.

Jill demeura dans un coin. Pour la différencier d'elle, Lucy et Matt avaient offert à son double des iris plus clairs et une chevelure plus sombre. Ils avaient estimé que Marie et Jill ne devaient pas se ressembler. Comme s'il fallait doter chacune d'une personnalité propre. Comme deux siamoises à séparer...

Victor et son équipe ne semblèrent pas remarquer leurs similitudes. Rencontrer leur sujet d'étude les bouleversait.

– Mon Dieu ! s'exclama le vieil archéologue. On dirait qu'elle nous regarde, qu'elle nous regarde vraiment...

– Les analyses ont montré qu'elle était morte de faim, expliqua Herman. Nous lui avons donc donné un visage émacié. Comme tous les autres Cathares enfermés dans le château, elle a souffert du siège qui a duré plusieurs mois et à la fin, pour une raison inconnue, elle est tombée dans le puits et y est morte.

– Elle n'est pas tombée dans le puits, intervint Jill.

Tous se tournèrent vers elle.

– Elle a glissé et chuté en voulant y descendre.

Simon la scrutait de la même façon qu'il avait sondé la nuit. Ses yeux allaient du visage de Marie au sien.

– Oui, intervint Herman qui savait combien Jill pouvait déstabiliser ceux qui ne la connaissaient pas. Elle s'y est brisé les jambes.

Il libéra les membres du corps du carton et les assembla. Une jeune fille nue s'étendit au centre de la maison de fouilles. La texture de sa peau était si parfaite qu'elle paraissait tiède et vivante.

– Le musée de Toulouse a confectionné des vêtements, lâcha Victor comme s'il s'excusait auprès d'elle.

Herman rangea rapidement les bras et les jambes. On aurait dit qu'il craignait qu'elle n'attrape froid. Ou peut-être était-il mal à l'aise. Le corps de Marie était celui de Jill. Il était le seul à le savoir.

– Félicitations, déclara Simon quand les mains délicates eurent disparu dans leur boîte. C'est spectaculaire. Et maintenant, si nous allions dîner au village ?

Tous accueillirent avec soulagement sa proposition. La présence de Marie avait envahi la pièce et leurs âmes. Elle s'était déversée en eux aussi fort qu'un torrent de printemps. Elle avait fait fondre la neige et les glaces. Elle avait jailli et éclaboussé le présent.

Jill plongea à nouveau dans les bruissements de la nuit. Ici, pas de moteurs ou de klaxons, pas de passants ivres percutant une poubelle, pas de moto hurlante sur le boulevard, pas d'ambulance stridente dans le lointain.

Les chercheurs avaient leurs habitudes dans le seul hôtel-restaurant du village. Ils s'attablèrent et remplirent les verres de vin sans se préoccuper de l'âge de Jill. Le jambon de pays arriva et ils voulurent en savoir plus sur les techniques de reconstruction faciale. Herman répondit à sa place tandis qu'elle contemplait le liquide pourpre qu'on lui avait servi. Elle ne connaissait que l'eau, le lait et depuis peu le Coca. Elle y trempa ses lèvres et laissa le breuvage inconnu teinter sa langue. Le goût de bois humide et l'alcool lui firent reposer son verre aussitôt. En face d'elle, Simon sourit en découvrant sa grimace. Il ne cessait de l'observer. Elle fit mine de ne pas le remarquer. Elle avait faim. Tout était insolite et intense. Le pain, les tomates, la poitrine fumée. Il lui semblait avoir vécu mille existences en une journée !

– Demain, nous ferons le tour de la forteresse, annonça Victor à la fin du repas. Simon, serez-vous des nôtres ?

– Oui, j'accompagnerai Herman et Jill.

Victor lui adressa un regard qui semblait dire « C'est vous qui voyez, vous êtes le chef ! ».

Simon ne releva pas. Il savait que l'archéologue le prenait pour un gamin mais il s'en fichait. Ces fouilles n'étaient pas un caprice, pas un jeu. Et depuis qu'il avait rencontré Jill près du chantier, il en avait la certitude, une chose extraordinaire allait se produire. Il avait vu sa ressemblance avec Marie et avait noté la manière dont elle s'était penchée dans le puits. Elle avait découvert ce qui s'était passé. Elle en savait plus que tous les archéologues qui avaient creusé le site depuis presque deux cents ans. C'était comme si elle s'était trouvée là, en 1244. Comme si elle avait tout vu...

MARIE

Tout alla très vite. Peut-être parce que c'était l'été et que la chaleur faisait palpiter les cœurs plus rapidement. Marie ne sut pas comme cela arriva, mais elle embrassa Pascau.

Cela avait démarré comme une après-midi orageuse et lourde du mois des moissons, une fois la chaleur passée elle l'avait accompagné avec son âne jusqu'au moulin pour aller chercher sa farine. Cela représentait une longue route à pied mais Marie s'en moquait, elle n'avait jamais mal aux jambes, elle adorait marcher. D'autant plus qu'elle ne se rendait pas souvent chez le meunier alors qu'elle aimait contempler sa roue poussée par le torrent. À cet endroit de la rivière, l'eau était si puissante, si vive... C'était peut-être à cause de cela que c'était arrivé. À cause de l'eau impétueuse et libre.

Elle l'avait aidé à charger les sacs et ils étaient repartis avant que l'orage éclate.

– Hâtez-vous, les avait pressés le meunier, ça se déverse déjà sur l'autre versant.

En effet, le tonnerre se rapprochait. La pluie tombait sur l'autre côté de la montagne. Pascau poussa son âne pour qu'il accélère mais sa charge était telle qu'il peina à remonter. Marie tira sur la bride pour le faire avancer. Le sentier était rocailleux et raide.

– On devrait peut-être trouver un abri, le temps de l'orage, proposa-t-elle tandis qu'un éclair illuminait le ciel.

– Non, sinon on y passera la nuit. Hue ! Hue !

Un grondement sourd secoua le paysage et la bête s'immobilisa de terreur.

– Allez, encore un effort ! l'encouragea Pascau pour la faire repartir. Derrière cette colline, c'est le chemin du village.

Marie n'était pas certaine que l'âne comprenne, elle pouvait lire dans ses yeux une panique grandissante.

Trempés de sueur, ils parvinrent en haut de la butte juste à l'instant où un éclair fendait la voûte céleste de part en part. Le tonnerre fit trembler la terre. Aussitôt, l'âne se cabra et partit au grand galop sans que Marie ou Pascau puisse le retenir.

– Ça va ? s'inquiéta le garçon en vérifiant la paume de la jeune fille que la corde avait râpée jusqu'au sang.

Elle hocha la tête.

– Ce trouillard va arriver avant nous au village, peut-être même avant l'averse, marmonna Pascau.

Comme si le ciel l'avait entendu, la pluie commença à tomber d'un coup. Ils se mirent à courir. L'orage était tel qu'ils furent trempés en quelques enjambées. Marie s'empêtra dans sa longue jupe que l'eau alourdissait.

– Ça ne sert à rien de se presser maintenant, déclara le sourcier. Mouillés pour mouillés...

Il éclata de rire et Marie n'eut plus envie de rentrer tout de suite. Ils gagnèrent le grand châtaignier qui marquait le début du sentier vers le village et s'arrêtèrent pour reprendre leur souffle. C'est à cet instant que Marie avança ses lèvres près de celles de Pascau.

Tapetum lucidum

Jill n'avait jamais dormi ailleurs que dans son lit. Elle ne parvint pas à trouver le sommeil. Elle demeura accoudée à la fenêtre de l'auberge pour écouter la mélodie de l'obscurité. Elle connaissait les multiples silences des objets et des murs, mais ignorait tout du raffut nocturne des bêtes et des plantes. Le vivant n'était plus un battement de cœur, une palpitation de muscle ou de sang, le vivant était devenu un vacarme. Ici, l'air n'étouffait pas les échos et les clameurs du monde, il les portait plus haut, les étalait dans le ciel sombre ; il les réveillait avec délectation et joie.

Soudain, un faisceau lumineux apparut : un rayon qui balayait le sentier menant aux ruines. Il croisa les yeux d'un renard dont les pupilles dilatées réfléchirent la lumière avant de disparaître dans un fourré.

Elle se précipita à l'extérieur. Elle courut pour la deuxième fois de sa vie. Son pouls s'accéléra, ses pas résonnèrent sur les cailloux du chemin. La lumière avait atteint les remparts et disparu dans la forteresse. Elle accéléra. Elle s'étonna de pouvoir courir plus vite. Son corps possédait plusieurs vitesses. Elle atteignit enfin les murs de pierre et chercha sa mire. Elle se trouvait près du puits et éclairait ses profondeurs de son œil unique. Elle avança et le faisceau se braqua subitement sur elle. Aveuglée, elle s'immobilisa.

– Jill ?

Simon baissa sa lampe torche.

– Qu'est-ce que tu fais ici ? s'étonna-t-il.

– Qu'est-ce que tu fais ici ? répéta-t-elle.

Dans les ténèbres, les traits de Simon étaient plus flous. Le contour de son visage moins net. Elle ne reconnut pas ses reliefs. Ses caractéristiques morphologiques étaient devenues incertaines.

– Tu veux participer à une expérience ? proposa-t-il.

Elle accepta. Le puits et la lumière l'attiraient tel un insecte nocturne. Le rayon caressa les pierres de la margelle et elle s'approcha.

– Je cherche leur trésor, souffla Simon.

Il éteignit subitement la lampe et elle s'immobilisa.

– Je me fiche de l'or, continua-t-il. J'ai assez d'argent. Je ne finance pas les fouilles pour m'enrichir. Je suis le dernier descendant des Cathares de Montségur. Mes ancêtres sont morts sur le bûcher. Je veux savoir. Je

DOIS savoir. Ce n'est pas une histoire d'or, c'est une histoire de sang, celle de mon sang.

Elle s'assit près de la bouche de pierre. Par précaution, elle posa ses mains sur ses genoux.

– Révèle-moi ce que Marie a à nous dire, la pressa-t-il. J'ai vu sa ressemblance avec toi. Je ne crois pas au hasard. Je pense que tu es sa messagère.

Elle était parfaitement immobile. Aucun de ses muscles ou de ses tendons ne bougeait. Elle avait plus d'entraînement que quiconque dans l'inertie de ses membres. Il s'installa près d'elle.

– Où est le trésor, Jill?

Elle ferma les yeux. Tout était noir. La forteresse, ses paupières, le puits. Elle pouvait sentir la présence et la chaleur de Simon près d'elle. Elle se retint de poser ses mains sur lui, sur son corps tiède, afin d'interroger sa chair et ses os. À la place, elle les déplia sur le rebord de pierre. Les dalles s'étaient rafraîchies avec la nuit. Leur froideur minérale percuta ses paumes et la pulpe de ses doigts. Une envie de descendre l'envahit. Il ne s'agissait pas de la sienne. Ce désir appartenait à une autre. Une volonté de vivre malgré la peur. Rester vivante.

D'autres sons que ceux des étoiles se formèrent. Des cris et des pas précipités. Un battant de bois qui grince. Du métal qui frappe. Un ordre dans une langue inconnue. Et les mains qui cherchent les trous de la paroi, les pieds qui fouillent les reliefs du goulot. Les bras qui suspendent le corps décharné. Il ne pèse plus rien; sa force s'est étiolée. Les jambes se heurtent et ne trouvent pas de saillie familière. Des cuisses maigres et des rotules aussi fragiles que du verre.

– Ce n'est pas la cachette de ton trésor, murmura Jill. C'est la cachette de Marie.

Simon se redressa et lui tendit une main pour l'aider à se relever. Elle n'avait attrapé des mains que pour saluer des gens. Elle saisit la sienne et décortiqua la force de son geste. Son épiderme était plus épais que celui d'un vieil homme, ses sésamoïdes plus robustes.

– Je sais, chuchota-t-il. On a inspecté le puits. On l'aurait trouvé. J'espérais dénicher un souterrain parce qu'on sait que peu de temps avant le massacre, des hommes sont parvenus à quitter le château de Montségur avec le trésor. Ils sont partis à pied à travers bois. Je veux retrouver leur piste. Je pense qu'ils se sont enfuis de nuit afin d'échapper aux Croisés.

Simon n'avait toujours pas lâché sa main. Il lui proposait une randonnée dans les ténèbres des monts.

– D'accord, souffla-t-elle en dégageant ses doigts.

Il longea la muraille en lui expliquant où se situaient les ouvertures et les soldats ennemis en mars 1244. Dans la pénombre, elle ressentit leur présence. Des esprits peuplaient les pierres et les buissons.

– Afin d'éviter les assiégeants, raconta Simon, ils n'avaient pas d'autre option que de fuir de ce côté de la pente. J'ai fait prendre des photos avec des drones mais cela n'a rien donné.

Il louvoya entre les éboulis de roches et les bosquets. Les criquets se turent sur son passage. Jill était restée près des ruines. Il ressemblait à un voleur de temps braquant sa lampe sur un passé effacé.

– Tu viens ? lança-t-il.

Pas de scanner ou de logiciel pour sonder la terre. Les calculs et les formules secrètes de M. Molineux ne servaient à rien. Comment faire parler les cailloux et les racines ? Elle délaça ses sneakers et retira ses chaussettes. Elle ne savait communiquer qu'au contact de sa peau. La fraîcheur du sol et l'humidité de la nuit lui picotèrent les orteils. Son tissu épithélial était si fin. Ses pieds avaient si peu marché qu'ils ne possédaient ni durillons, ni callosités. Sa voûte plantaire était aussi délicate que du papier de soie. La caillasse et les épines la griffèrent tels des ongles crochus. La pierre ne voulait pas être sondée. La montagne voulait se taire. Lentement, pas après pas, elle descendit le versant. Ses pieds se logèrent dans les centaines d'empreintes invisibles de bêtes et d'hommes. Des paysans, des bergers, des gardes, des chevaliers, des randonneurs, des touristes, avaient foulé les taillis. Mille chemins et mille vies s'offraient à elle. Soudain, son pied s'inséra dans une trace balayée par les siècles. Un pas identique au sien, à la phalange près. Elle s'immobilisa. Marie était passée par là.

Plus bas, Simon l'attendait. Elle hésita. La trace de Marie n'était pas celle du trésor mais celle d'un jour heureux, d'une démarche légère, bien avant le siège, bien avant l'hiver et la faim. Un jour de fin d'été, les bras chargés de paniers et la tête gorgée d'odeurs de prune verte.

– Je reviendrai, murmura-t-elle dans l'ombre avant de rejoindre Simon.

La lampe torche éclairait un sentier à travers des roches effondrées plongeant dans un précipice.

– Idéal pour se dissimuler, commenta-t-il.

La lumière balaya les alentours et s'arrêta sur les pieds nus de Jill. Ses ongles étaient poussiéreux et ses talons éraflés. Mais il ne fit aucun commentaire. Un hululement résonna et elle avança de quelques mètres. Aucune piste ne se présenta. Le sentier ne conservait pas le poids de l'or et des secrets. La falaise ne lui renvoya aucun écho de fuite et de pièces précieuses. Le trésor de Montségur n'était pas passé par là.

– Ce n'est pas le bon chemin, souffla-t-elle.

Il hocha la tête et dirigea son faisceau vers la vallée.

– Selon les textes et les témoignages de l'époque qui nous sont parvenus, les quatre hommes seraient descendus par la paroi occidentale grâce à des cordes durant la nuit de Noël. Ils transportaient des livres anciens et les restes du trésor. Ils se seraient enfuis à travers bois. Ils seraient passés ensuite par les villages de Caussou, Prades et Usson. On perd leur trace dans l'exode des rescapés cathares en Italie. La seule chose dont on soit sûrs, c'est que le trésor n'a jamais réapparu. Qu'en ont-ils fait ? Mystère.

Il éclaira à nouveau ses pieds.

– La paroi est trop escarpée, constata-t-il, tu vas te lacérer les jambes.

En effet, la roche chutait vers le bas. Elle paraissait les inviter à se jeter dans son incertitude noire.

– On rentre, décida Simon. Merci pour ton aide. Je reviendrai demain.

Il la raccompagna en ayant la sensation d'avoir voyagé à travers l'Histoire ou une mémoire oubliée. Comme si la nuit permettait aux siècles de se dissoudre. À côté de Jill, il avait eu l'impression de marcher près d'une âme sœur. Avec elle, tout ce qui était inhabituel paraissait avoir été écrit. Il ne croyait pas au hasard, il croyait aux signes, à toutes ces troublantes similitudes qui n'en étaient pas. Oui, Jill n'était pas uniquement là pour apporter son travail. Elle était aussi venue le rejoindre. Il ignorait pourquoi, mais sa présence était devenue essentielle. Elle appartenait aux fouilles, elle appartenait au château, elle appartenait à son destin.

En retrouvant sa chambre, Jill se laissa tomber sur son lit comme une souche. Elle enveloppa ses pieds terreux dans les draps blancs et s'abandonna au sommeil. Dans ses rêves, les coléoptères de son père s'échappèrent de leurs cadres pour arpenter le parquet du salon.

MARIE

La vieille Viana s'éteignit avec la fin de l'été. Elle ne mourut pas comme une sorcière au fond des bois ou emportée par les esprits de la nuit, mais dans son lit. Elle se coucha la veille de l'automne et ne se réveilla pas. « Une belle mort pour une femme comme elle », commenta la mère de Marie quand la nouvelle se répandit dans le village.

La fileuse n'avait ni enfant ni mari, alors on chercha quelqu'un pour effectuer sa toilette mortuaire. Impossible d'être enterré et de se présenter devant Dieu sans avoir été lavé et préparé. Il était d'usage que ce soient les femmes qui s'en occupent, mais aucune villageoise ne se désigna, de peur d'attraper le mauvais œil. Lorsque Marie se proposa, sa mère la mit en garde : « Elle est morte sans consolamentum*, on ne sait pas si Dieu va accueillir son âme ». En effet, elle n'avait pas reçu les derniers sacrements. Aucun prêtre ne lui avait murmuré la prière* *qui aide les défunts à gagner plus facilement le Ciel, ces mots sacrés qui pardonnent aux âmes afin de les rendre légères et capables de s'envoler. Marie s'en fichait. Elle ne croyait pas que les morts hantaient les vivants, elle trouvait juste que la vieille Viana avait eu une belle mort. Tout le monde rêve de s'endormir paisiblement.*

– Je vais le faire, annonça-t-elle.

Quand elle décidait quelque chose, il était difficile de la faire changer d'avis. Et comme personne ne voulait entrer dans la maison à sa place, il n'y eut pas d'autre opposition. On lui confia donc le vin, l'eau bénite et le drap mortuaire.

En pénétrant dans la hutte, la jeune fille repensa à la fois où Viana lui avait tenu la main pour lui dire que sa vie suivrait deux chemins. Elle regretta avoir eu peur ce jour-là. En effet, le corps semblait dormir. La liseuse d'âmes paraissait beaucoup plus petite, presque une enfant.

Marie posa ses accessoires sur la table et approcha de la couche qui n'était constituée que d'un matelas de paille. Elle avait déjà effectué ce rituel, pour une cousine emportée par une fièvre de poitrine qu'elle n'avait pu guérir l'année précédente. Elle récita une prière, se lava les mains avec le vin avant de se rincer à l'eau puis se pencha vers la dépouille. Elle avait envie de poser ses paumes sur son visage ridé. Il était si serein. La paix qui accompagne la mort lui plaisait. Elle lui murmurait « Prends ton temps ». La peau était froide. Le sang ne circulait plus.

Marie caressa son front. Il était doux et fragile. De l'autre côté, il y avait eu des paroles et des émotions. De même qu'avec les plantes, elle pouvait ressentir le vivant qui l'avait habitée. La vieille Viana avait été une fleur sauvage.

Elle attrapa le linge et le trempa dans le vin pour purifier son corps. Très lentement, comme s'il ne fallait pas la réveiller, elle nettoya son cou, ses mains, ses bras, ses pieds… cette enveloppe de chair qui avait durant de longues années palpité. Elle la rinça délicatement pour qu'elle soit bien nette avant de l'entourer de la toile blanche. Il fallait toujours traiter les morts avec tendresse.

Marie ne se hâta pas. Elle voulait que Viana se présente propre et apaisée à la terre qui allait l'accueillir.

Au fond des bois

Le lendemain, Herman fit irruption dans la chambre de Jill qui ne s'était pas réveillée.

– Debout, Jill ! Il est huit heures. Quelle marmotte... On petit-déjeune et on retourne à la maison de fouilles !

En découvrant un de ses pieds échappé de la couette, il fronça les sourcils et s'en saisit. Lorsqu'il s'assit sur le lit, le talon de Jill dans la main, le matelas grinça.

– Tu es somnambule ? se fâcha-t-il.

Elle s'étira et lui résuma les recherches nocturnes de Simon. Le front d'Herman se plissa. Il n'avait toujours pas lâché sa jambe. Il n'aima pas qu'elle traîne avec ce garçon.

– C'est déraisonnable, la gronda-t-il. On ne parcourt pas une falaise la nuit ! Et de surcroît pieds nus... Tu te mets en danger : regarde l'état de ta peau !

En colère, il parlait moins vite.

– Je sais que tu as rencontré peu… d'êtres humains, reprit-il plus doucement en cherchant ses mots. Mais tu ne peux pas faire confiance au premier venu. Tu ne connais Simon de Roqueferre que depuis un jour.

– Je t'ai fait confiance le premier jour.

Il s'empourpra.

– C'était uniquement professionnel ! Je ne t'ai pas poussée la nuit dans les bois…

– J'ai sondé la terre comme je sonde les os. Il n'y a pas de différence.

Cette fois-ci, Herman libéra son pied.

– Simon de Roqueferre est un chercheur de trésor, rien de plus. Fais attention. Ne te laisse pas entraîner sur des sentiers que tu regretterais.

Il lui sourit et tapota la couette.

– Parfois, j'ai l'impression que tu découvres tout pour la première fois alors que tu as seize ans, soupira-t-il.

– À quel âge commence-t-on à vivre ?

Herman ne comprit pas tout de suite la question. Il répondit, avec prudence :

– Scientifiquement, quand on naît. À quel âge penses-tu avoir commencé à vivre, toi ?

– À douze ans, quand j'ai rencontré Monsieur Molineux. Mais ça ne peut pas être pareil pour tout le monde.

– Non, en effet.

Herman vit défiler sa propre enfance. Pour la plupart des gens, la vie commençait dès leur premier souvenir. S'il devait choisir un moment déterminant, il dirait que c'était le jour où on lui avait offert une encyclopédie sur les dinosaures. Ce jour-là, sa vie était devenue intéressante, ce jour-là, il avait eu envie d'en savoir plus, ce jour-là, les jours suivants avaient valu le coup d'être vécus.

– Allons, conclut-il. Habille-toi et viens déjeuner. Je t'attends en bas.

Jill prit une douche et emmitoufla ses pieds meurtris dans une double paire de chaussettes. Cela lui prit un temps infini parce qu'elle dut défaire et refaire ses lacets devenus trop serrés. Elle n'était pas encore bien familiarisée avec l'art de nouer des lacets. Elle repensa à la nuit, à la forêt et à Simon. Elle n'était pas parvenue à avouer à Herman que ce n'était pas la première fois qu'elle le rencontrait. Elle l'avait déjà vu, elle avait déjà suivi la rivière avec lui. Mais elle ne pouvait expliquer ni quand, ni comment. Rien de ce qu'elle ressentait n'était scientifique.

Herman l'attendait devant une petite table garnie de pain frais et de viennoiseries. Il avait ruminé en patientant. Il s'inquiétait. Il n'était ni son père ni son grand frère, mais il redoutait qu'il lui arrive du mal. Il ne savait pas si c'était à cause des lieux qui gardaient le souvenir d'un massacre, ou à cause de Simon de Roqueferre qui était aussi bizarre qu'elle. Il ne maîtrisait pas leurs codes de communication et cela le déstabilisait.

– Le reste de l'équipe est déjà parti, lâcha-t-il en sirotant son café. On les rejoindra quand tu seras prête.

– Je peux avoir un Coca ?

Il avala de travers.

– Mais c'est le petit-déjeuner ! Tu ne veux pas plutôt un thé ou un chocolat chaud ? Un jus d'orange ?

Face au visage stoïque de Jill, il capitula.

– Après tout... je suis le seul responsable. C'est moi qui ai introduit ce produit addictif dans ta vie !

Elle sourit. Herman héla la serveuse.

À la maison de fouilles, Victor et son équipe s'appliquaient à nettoyer des pierres et des tessons de terre cuite retrouvés au fond du puits.

– Quelle triste fin, commenta l'archéologue. Mourir parmi les ordures... Une fois à sec, le trou est devenu une décharge du Moyen Âge. C'est triste pour Marie, mais une vraie aubaine pour des archéologues tels que nous.

– Ce n'était pas une poubelle, s'interposa Jill. C'était la cachette de Marie.

Comme à chaque fois qu'elle ouvrait la bouche, l'équipe se figea. Les pinceaux demeurèrent suspendus en l'air et les grattoirs se turent.

– Elle savait descendre dans le puits. Elle ne s'y est pas jetée. Ses pieds ont glissé. Elle était si faible qu'elle n'a pas trouvé les saillies de pierre.

Après avoir entendu ces mots, tous les chercheurs se précipitèrent vers la forteresse. Malgré son âge, Victor courut en tête. Tel un troupeau de bêtes affolées soulevant la poussière du chemin, ils parvinrent essoufflés dans les ruines. Simon s'y trouvait déjà. Il les salua mais Victor ne pensait qu'au puits. Il dégagea la bâche de protection et se pencha fébrilement.

– Torche ! ordonna-t-il en tendant un bras.

Personne n'avait pensé à s'équiper avant de partir. Simon ouvrit son sac à dos et sortit la lampe qu'il avait utilisée la nuit précédente avec Jill.

L'archéologue inspecta une à une les pierres qui formaient le goulot.

– Comment avons-nous pu louper ça ?! marmonna-t-il.

À certains endroits, des blocs semblaient émerger plus que d'autres. Des failles dessinèrent un tracé géométrique. Le puits avait été façonné pour pouvoir y descendre.

– Seigneur ! s'exclama-t-il. Jill a raison.

Marie était morte dans sa cachette parce que ses bras trop faibles n'avaient pas pu la hisser jusqu'à la surface.

– Ok, décida-t-il. On reprend nos relevés à zéro et on descend le laser au fond. Il faut cartographier ce puits au millimètre près. Ensuite, on interrogera le radar. Le sondage des parois et du sol est indispensable.

Simon adressa un regard à Jill. « Bien joué ! », lut-elle dans ses yeux. Elle nota qu'en dehors de M. Molineux, il était le seul *homo sapiens* avec qui elle pouvait communiquer sans paroles.

L'équipe consacra la journée à étudier minutieusement la paroi. Jill demeura immobile sur une roche et contempla leur labeur de fourmis. Il fallait sonder les pierres et les interstices. Les espaces libres où Marie avait enfoncé ses doigts.

Dans l'après-midi, alors que la chaleur montait et que la terre durcissait au soleil, Herman rentra traiter ses mails à l'auberge et Simon trouva un prétexte pour s'éloigner de la forteresse, sans doute à la recherche de la piste du trésor. Jill contempla la peau de ses avant-bras rougis puis décida de suivre l'ombre fraîche de la muraille. Elle fit le tour des ruines en glissant ses mains sur les restes de la forteresse. La pierre avait conservé le froid et la chaleur de nombreuses saisons. Elle y détecta des étés étouffants et des hivers impitoyables. Montségur avait été un refuge. Une arche guerrière et protectrice. Le château avait été érigé par des moines-soldats et avait abrité les derniers souffles des Cathares. Des particules d'âmes s'étaient déposées sur les pierres, des échos abandonnés au temps.

Elle descendit sur le versant qui avait autrefois abrité un village. Elle savait que Marie était passée par là, y avait vécu. Malgré ses égratignures, elle délivra ses pieds et les livra à l'air libre. Le soleil se précipita dessus avec curiosité et voracité. En effet, ses chevilles et ses orteils n'avaient jamais été brunis par le jour ou un été en bord de mer. Elle n'avait jamais été à la plage ou en colonie de vacances. Pas à pas, elle se laissa guider par sa voûte plantaire. Un sentier longtemps emprunté se distingua. Des allées et venues. Une circulation séculaire d'hommes et d'animaux. Elle attendit. Elle savait que Marie finirait par passer. Elle n'eut pas longtemps à patienter. Marie apparut, légère et enjouée. Marie s'arrêta et déposa un panier tressé sur le sol. Marie échangea quelques mots avec une habitante. Une odeur de pain s'échappa de l'osier. Marie reprit son chargement tiède et poursuivit sa route. Jill la suivit. Elle glissa ses pas dans ceux, heureux et légers, de Marie. Des pas sans ombre, libres et baignés de soleil. Des pas d'ange.

Elle remonta vers la forteresse. Un début d'enfance radieuse lui escaladait les jambes. Marie avait toujours voulu vivre. Elle pouvait le lire dans sa façon de valser plutôt que de marcher. Marie aimait sauter et courir. Ses jambes ne servaient pas seulement à avancer. Ses pieds dansaient, communiaient avec la terre et l'herbe. La trace se mua en fredonnement. Une chanson murmurée en gambadant. Des mots dans une langue oubliée. Une langue de montagne et de ciel éclatant. Une langue de fille et d'osier. Un murmure magique dans la poitrine, qui relie l'âme et les jambes. Celui-là même qui fait caracoler et croquer les fruits mûrs. Qui fait sourire et palpiter.

Elle passa ses doigts sur ses lèvres. Un nouveau dessin était apparu. Un trait que ses muscles orbiculaires n'avaient jamais tracé. Un souffle de joie. Un baiser heureux, gorgé d'éclat.

– Crème solaire ! imposa Herman en la découvrant adossée à la muraille, face à la falaise.

En effet, le phototype cutané de Jill tenait plus du yaourt nature que du sucre roux. Son taux de mélanine était certainement très bas. Elle risquait de brûler.

– Il n'y a pas toujours eu la guerre, déclara-t-elle.

Il se décala pour poster son grand corps maigre entre elle et le zénith conquérant. Son ombre se déposa sur le visage et la poitrine de Jill.

– Je l'ai entendue chanter, murmura-t-elle.

Il tourna la tête vers la vallée et les pics lointains qui se reflétaient.

– Derrière la peur, continua-t-elle, il y a de la joie.

Tous les ossements qu'elle avait fréquentés et interrogés lui avaient systématiquement livré l'effroi de leur dernier instant. Un crâne fracassé, des membres brisés, des vies décapitées, des respirations étouffées. Jamais elle n'avait pu remonter le cours des os. Jamais elle n'avait arpenté leur route. Et maintenant, les os chantaient.

– Nous devons aller chercher Marie, murmura-t-elle.

L'ombre d'Herman vacilla. Il n'était pas sûr de vouloir entendre ce qu'elle disait.

– Quand nous irons à Toulouse, préféra-t-il répondre prudemment. Tu auras accès aux ossements. Allez, viens maintenant. Tu risques une insolation.

* * *

La nuit suivante, un feu follet dansa à nouveau entre les rochers et les broussailles. Jill enfila ses sneakers et se faufila hors de l'auberge malgré les recommandations d'Herman. Elle n'avait peur ni du noir ni de la montagne. Marie lui avait montré les chemins à suivre.

Elle savait où poser ses pieds. Elle suivit le chant des insectes, si souplement qu'ils ne se turent même pas sur son passage. Elle avait rendez-vous.

Simon avait repris ses déambulations.

– Le jour, il fait trop chaud, confessa-t-il en l'accueillant. La nuit, on voit mieux que durant la journée.

Il appartenait à une espèce animale nocturne, celle des loirs, des hiboux ou des diables de Tasmanie. Une bête possédant une pupille à géométrie variable, une acuité visuelle de fauve.

Il lui prit la main. Comme un équilibre entre la lumière et sa paume.

– Viens, je sais marcher dans le noir, murmura-t-il. J'ai dû hériter cela de mes ancêtres. Quand ils évoluaient ici, il n'y avait pas de lumière. Ils savaient s'orienter dans la nature, ils connaissaient chaque arbre.

Il l'entraîna parmi les troncs, vers le bas. Vers les entrailles en déclive. Loin des étoiles. La forteresse disparut, la pente s'enfonça dans la mousse et les relents d'humus. Ils plongèrent dans une grande respiration de terre en sudation, dans des fragrances impétueuses d'écorce et de feuilles en décomposition. Jill ne releva aucune trace. Ni Marie, ni chevaliers n'étaient passés par là. Un terrain vierge. Un royaume de sourcier. Un clapotis s'éleva et ils atteignirent un ruisseau. Une eau libre suçait et chahutait les cailloux de son lit. Une onde fraîche et séculaire, poussée par la lune et les pluies... une source dont le seul but était d'aller de l'avant.

Elle devina pourquoi Simon l'avait emmenée jusqu'à ce lieu. Elle s'agenouilla sur un rocher plat et plongea ses mains dans le liquide filant. La fraîcheur de la source lui saisit la peau. Ses doigts s'engourdirent. L'eau ne possédait pas la mémoire des pierres. L'eau ne faisait que passer, comme le vent et l'air. L'eau emportait les souvenirs et les marques. L'eau ne vivait que l'instant. Les hommes recherchés par Simon s'y étaient-ils désaltérés après s'être enfuis ? S'étaient-ils reposés sur la berge ? Avaient-ils rempli leurs gourdes de cuir et décrassé leurs visages ? L'eau s'en moquait. L'eau filait. L'eau jaillissait et suivait son cours sans hésiter. L'histoire des hommes était vite lessivée.

Jill retira ses mains insensibilisées par le froid et demeura silencieuse. Le carillon du ruisseau remplissait les bois.

– J'ai eu les résultats des tests ADN de Marie, fit subitement Simon. J'avais demandé un comparatif avec les miens, mais il n'y a aucun lien de parenté. J'espérais en secret qu'elle soit une cousine éloignée parce que j'avais l'impression de la connaître.

Il était assis tout près d'elle. Plus près qu'un morceau d'amphore de sa règle de fouille.

– Je ne suis plus sûr que ce soient les fugitifs que je cherche, murmura-t-il.

Elle leva ses mains humides vers son visage et, avec mille précautions, les posa contre ses maxillaires. La peau de ses joues frissonna. Malgré l'obscurité, elle ferma les yeux. Elle voulait palper ses os dans le noir.

Elle remonta jusqu'à sa fente palpébrale. Il ferma les paupières. Ses orbites oculaires s'apaisèrent. Elle poursuivit son inspection par les zygomatiques et leur arcade. Elle redescendit le long des mandibules, de sa mâchoire. Elle explora son visage à la façon d'une carte stellaire, étudia les constellations d'os et chercha son chemin tel un marin. Les zones de grands fonds et les récifs, la haute mer et les courants, les latitudes et les quarantièmes rugissants.

La chaleur de son visage lui emplit les paumes. Ses traits réchauffèrent ses mains glacées par le ruisseau. Il lui livra son histoire, sa quête de lui-même. Un garçon vivant. Un garçon semblable à l'eau, jaillissant et poursuivant son désir de mer et d'infini.

Elle retira ses mains et serra ses doigts attrape-rêve. L'âme de Simon s'était nichée sous sa pulpe. Des particules d'or.

– Ce qui compte, souffla-t-elle, c'est chercher, ce n'est pas trouver. Tu es venu ici autrefois ; l'eau s'en souvient. Ce n'est pas un trésor que tu cherchais, c'était sa source.

Il n'y aurait pas de trésor.

Il hocha la tête.

Ses cheveux luisaient dans l'obscurité. Un rayon de lune filtra à travers les branches. La nuit avait tourné. Il inspira l'air nocturne du ruisseau et le parfum sauvage de Jill. Il pouvait sentir dans son sang battre un autre cœur, celui d'un ancêtre. Peut-être celui d'un garçon cherchant une source.

Ils rentrèrent en silence. Au sommet, la forteresse se détachait du ciel sombre. L'éclat de la pierre lui donnait des allures de palais de marbre dans les ténèbres, de palais d'os blanchis au soleil éclatant dans l'obscurité. Un squelette de monstre marin.

Simon quitta Jill sur le pas de sa porte. Il lui avait tenu la main pour remonter la pente et encore après, dans les rues du village. Il l'étreignit plus longtemps que nécessaire avant de disparaître. Il l'avait déjà tenue entre ses bras. Il pouvait sentir que ce n'était pas la première fois.

MARIE

L'armée de Croisés arriva. La prédiction de sa mère se réalisa. Un jour, une troupe lourdement armée et vêtue de tabards blancs à croix rouge se dressa en bas de la montagne. Comme elle l'avait fait un nombre incalculable de fois, Marie emporta son panier aux herbes et attrapa la chèvre pour aller se réfugier au château. Cette fois-ci, hélas, les villageois se doutèrent qu'ils ne retrouveraient pas leurs habitations avant longtemps. Les soldats s'établirent au pied de la forteresse et dressèrent leur siège.

– Nous sommes prêts à résister des semaines ! la rassura son père.

Marie n'avait pas peur. Protégée par les épais remparts et entourée des siens, elle se sentait rassurée. Et surtout, Pascau se trouvait là lui aussi. Avec lui, elle pouvait tenir des mois ou des années.

– Il va falloir nous organiser, nous allons vivre ici, enchaîna son père.

– Dieu saura nous protéger, murmura sa mère qui n'avait pas cessé de prier.

– Les soldats ont le même Dieu que nous, rétorqua Marie trop vite.

Sa mère lui lança un regard plein de reproches.

– Tu blasphèmes ! s'énerva-t-elle. Dieu est de notre côté. Comment pourrait-il choisir ces hommes qui tuent, qui boivent et qui ne respectent pas les livres sacrés ?!

Marie regretta d'avoir parlé tout haut, elle n'avait pas voulu lui faire de la peine.

– Je vais au puits, se dépêcha-t-elle de glisser pour faire diversion.

Elle attrapa le pichet qu'ils avaient emporté et se hâta de traverser la place forte où tout le monde s'installait. Elle passa par l'espace occupé par la famille des sourciers qui avait tendu une toile en guise de toit.

– Je vais chercher de l'eau, lança-t-elle à Pascau.

Comme d'habitude, il sourit en l'apercevant.

– Tu ne t'es pas enfuie en courant, toi qui ne sais pas marcher ? se moqua-t-il. Les Croisés n'auraient jamais pu te rattraper ; tu te déplaces comme une biche, ils t'auraient prise pour un animal sauvage !

Elle rit. Pascau ne se délestait jamais de sa bonne humeur, ni devant la peur, ni devant le danger, ni devant des chevaliers armés jusqu'aux dents.

Il l'accompagna. Marcher près de lui l'apaisa. Il y avait dans sa présence quelque chose de rassurant. On aurait dit qu'il était comme l'eau, impossible à attraper et à mettre en cage.

– Tu crois que si on plonge dans un puits et qu'on retient sa respiration assez longtemps, on peut nager jusqu'à l'extérieur ? l'interrogea-t-elle en remplissant la cruche.

– On ne sait jamais ce qu'on va trouver au fond d'un puits. Il faut toujours faire un vœu. Parfois, il se réalise.

S'il n'y avait pas eu tout le village autour d'eux, Marie l'aurait une nouvelle fois embrassé, comme en ce jour d'orage dans la montagne.

Effraction

En découvrant les baskets maculées de boue de Jill le matin suivant, Herman se lança dans une nouvelle diatribe sur les dangers de la nuit. Il parlait tellement vite qu'elle estima son débit à cinq mots par seconde, une véritable hydrocution linguistique.

– Et franchement! termina-t-il. Le Coca au petit-déjeuner, c'est dégueulasse! Ton taux de glycémie doit friser les 1,30 gramme par litre de sang. Tu vas développer un diabète...

Elle reposa son verre et s'essuya la bouche.

– On peut y aller maintenant? répliqua-t-elle.

Il leva dramatiquement les yeux au ciel et attrapa les clefs de la camionnette. Ils avaient rendez-vous au Musée archéologique de Toulouse afin de livrer la reconstruction de Marie à la conservatrice en chef.

– On a une heure et demie de route, grommela-t-il en allumant le moteur. Ceinture!

Elle contempla les bosquets et les peupliers. Au bout de la route, Marie serait réunie. La Marie de silicone et la Marie d'os. Le souvenir vivant et le cri étouffé du puits. La Marie de seize ans et ses mille vies non vécues. La Marie libre des sentiers d'été et la Marie morte de faim, jambes brisées.

La conservatrice du musée les attendait avec impatience. La reconstruction entière d'un être humain était un événement exceptionnel – un joyau qui allait enrichir sa collection et déplacer les foules. Sa voix trahit son excitation.

– Bienvenue ! Nous vous attendions, Monsieur Keiser, nous sommes si fiers de collaborer avec vous. Entrez, entrez !

Elle les poussa à l'intérieur. Des techniciens fébriles enlevèrent les caisses contenant les membres de Marie. Elle fut emportée en procession dans le laboratoire situé en retrait des expositions.

– Voulez-vous un café ? proposa la conservatrice qui en avait certainement avalé plusieurs en les attendant. Non ? Très bien. Venez. Avant de découvrir votre réalisation, je souhaite vous montrer la vitrine prévue pour accueillir le corps.

Elle s'exprimait aussi vite qu'Herman, l'accent chantant du Midi-Pyrénées en prime. Elle trottina à travers la section archéologique régionale, entre les vitrines contenant des céramiques gréco-romaines et des monnaies gauloises.

– Notre décor ! lança-t-elle en écartant les bras devant une alcôve baignée de lumière artificielle.

Herman et Jill découvrirent un puits de plâtre et des fagots de paille. Des arbustes rachitiques et des pierres sèches imitaient un pan de muraille.

– Les éléments ont été reproduits à l'échelle 1. Cette scène s'intitule « La vie quotidienne au château de Montségur ».

C'est alors que quelque chose remonta le long de la gorge de Jill. Une vague scélérate. Un rouleau surgissant des profondeurs qui se déversa dans son gosier. Des centaines de muscles se contractèrent à l'unisson. Son *procerus*, son *quadratus labii superioris*, ses *zygomaticus* mais aussi ses abdominaux et les deltoïdes de ses épaules. Tout son corps éclata de rire.

Herman la fixa, embarrassé par son attitude, et la conservatrice baissa les bras. Que lui arrivait-il ?

Elle ne pouvait ni parler ni calmer sa poitrine qui exultait. Ses glandes lacrymales entrèrent en action. Le rire avait envahi chaque parcelle de son être.

– Pardon, s'excusa Herman qui n'y était pour rien. Nous devrions aller au laboratoire. Votre mise en scène est très réussie.

Un second tsunami secoua Jill. Le décor qui allait recevoir Marie était tout sauf réussi ! Jamais Marie n'avait évolué dans un tel environnement. La réalisation frisait le ridicule. Tout était faux et aligné à la manière d'une peinture pastorale grossière. Herman la tira par le bras pour l'arracher à sa moquerie et tenter de calmer son rire insoumis. Un rire de première fois, un rire qui se découvrait lui-même parce qu'il n'avait jamais éclos. Un rire qui voulait continuer à rire, juste pour voir. Un rire pour s'envoler. La pression des doigts calma peu à peu son rire insubordonné. La marche dans le couloir acheva de le renvoyer dans son terrier. Jill parvint à l'avaler.

– Notre modeste laboratoire, fit la conservatrice en la gardant à l'œil.

Ils pénétrèrent dans une pièce tempérée, tapissée d'étagères et d'armoires métalliques. Les boîtes contenant les membres de Marie les attendaient sur la table centrale.

Herman et Jill assemblèrent le corps ainsi qu'ils l'avaient fait dans la maison de fouilles. La conservatrice les contempla en silence, retenant son souffle. Comme si Marie était sur le point de prendre vie. Une Frankenstein du XIIIe siècle.

Lorsque Marie se dressa au milieu de la pièce, nue et blanche, tous demeurèrent sans parler un long moment. Personne ne voulait briser cet instant d'éternité, cette renaissance. Ils l'observèrent en respirant à peine et elle les toisa de sa superbe immortalité en silicone. Pudiquement, la conservatrice déplia les vêtements prévus à son intention et les lui présenta à la façon d'une offrande. Heureusement, contrairement au décor de pacotille, la robe semblait avoir été taillée pour elle. Aussi délicatement qu'on habille un enfant grelottant de fièvre, la conservatrice enveloppa Marie dans l'étoffe couleur prune. Son regard s'apaisa, la blancheur de sa peau s'adoucit, ses cheveux brillèrent.

– Il faudra changer le plateau prévu pour l'accueillir, réalisa la conservatrice en nouant un tablier de lin.

Jill ne riait plus. Elle attendait que Marie fasse son premier pas, qu'elle délie ses ischio-jambiers et qu'elle s'élance vers les collines qui l'avaient vue naître. Mais Marie demeura dans le laboratoire, le regard fixé vers un horizon connu d'elle seule.

– Votre résultat est remarquable, commenta la conservatrice. Elle donne l'impression de l'avoir déjà rencontrée. C'est comme si nous la connaissions.

Herman se déplaça subtilement devant Jill pour ne pas lui permettre de relever la ressemblance. Sa crédibilité était en jeu.

– Merci beaucoup, fit-il. Nous avons une requête avant de partir. Nous souhaitons consulter les ossements.

La conservatrice leva un sourcil mais accepta.

– Ils sont au sous-sol, au stockage, à l'abri de l'humidité et de la lumière.

Ils prirent l'ascenseur pour descendre dans les entrailles du musée. Des néons les guidèrent jusqu'à la salle des conservations. La conservatrice tapa le code d'entrée et posa une boîte en carton sur une table métallique.

– Voilà. Je remonte. Appelez-moi quand vous aurez fini.

Jill fut soulagée qu'elle ne reste pas. Sa présence l'incommodait. Elle voulait être seule avec Marie.

– Tu permets ? demanda-t-elle à Herman.

Il ouvrit la bouche afin de libérer son torrent de mots habituels puis la referma aussitôt. Il recula vers la porte et, avant de sortir, lâcha :

– Tu me dois un Coca !

Elle sourit. Petit à petit, il parvenait à entrer dans son monde.

Quand il fut parti, elle inspira profondément avant d'ouvrir le couvercle. Il fallait toujours obtenir la permission des os pour les sonder, quel que soit le nombre de rendez-vous. Les os ne devaient être ni brusqués ni forcés. Les os devaient être caressés et pudiquement interrogés.

Un relent de terre et d'ancien s'échappa de la boîte quand elle l'ouvrit. Immédiatement, elle sut que les os l'avaient reconnue. Mieux, ils l'avaient attendue. Cette fois-ci, elle n'avait pas besoin de les disposer en ordre sur la table. Elle connaissait par cœur leur agencement ; il lui suffisait de plonger ses mains dans leurs confidences, telle une aveugle. Elle ferma les yeux et alluma la pulpe de ses doigts. Dès qu'elle entra en contact avec la surface lisse et dure, il lui sembla entendre un merci. L'empreinte de la voix était demeurée intacte malgré les années. Marie s'adressait à elle à travers les siècles.

Une poussée de vie la submergea. De la joie, de la gourmandise, des prières, du labeur, des rêves. Marie avait chéri sa montagne et ses ciels infinis. Marie avait béni le décor de son enfance et les siens. Marie avait mené son existence comme un premier et un dernier jours et l'avait emplie de saisons. Jusqu'à ce que les soldats l'assiègent. Marie n'avait pas voulu leur laisser sa foi, sa liberté et ses ailes. Marie s'était cachée dans l'ombre du puits, mais le trou l'avait engloutie. Pareil qu'un amoureux qui retient et emprisonne. Le puits l'avait aspirée et gardée en son sein. Il avait voulu continuer à l'entendre chanter.

Une certitude s'imposa. Marie ne pouvait demeurer là. Emmurée dans une boîte en carton, séquestrée parmi des objets archéologiques dévitalisés. Elle n'était ni un morceau de céramique ni un fragment de mosaïque. Marie était entière.

– Tu as ta caisse à outils ? chuchota Jill à Herman en remontant dans les étages du musée.

Il la fixa, scandalisé, en comprenant où elle voulait en venir.

– Je ne commettrai pas un second vol ! répliqua-t-il. Il y a des lois !

– Elle ne veut pas rester là.

Il la scruta afin de savoir s'il devait se mettre en colère ou s'inquiéter pour sa santé mentale.

– Ce squelette appartient à l'État, gronda-t-il.

– Non, il lui appartient, à elle ! C'est le sien !

Il s'inquiéta du cours que prenait la conversation. Il évoluait en terrain glissant.

– Elle est morte, Jill, tenta-t-il. Elle est morte... Peut-être pas à tes yeux, mais pour la société ce ne sont que des os !

Le front de Jill se plissa en éventail. Une colère monta en elle. Celle des incompris et des révolutionnaires. Marie lui avait confié une mission, qu'Herman piétinait.

– Nous devons rentrer à Paris, décida-t-il. Il n'y a pas d'autre solution.

Elle tourna les talons de rage et sortit du musée sans prendre la peine de saluer la conservatrice. Elle reviendrait. Elle ne savait pas encore comment, mais elle reviendrait. Elle en avait fait la promesse à Marie. Elle avait juré et prêté serment comme elle l'avait fait avec M. Molineux.

MARIE

Les heures étaient devenues des jours, les jours des semaines et les semaines des mois. Le froid et l'obscurité s'étaient aussi enfermés dans le château. Noël approchait mais aucun espoir n'était né. Les Croisés assiégeaient toujours la forteresse et le temps qui s'écoulait rendait les villageois de plus en plus maigres et épuisés.

Marie touilla sa bouillie dans son bol de bois. Il s'agissait de sa ration journalière. Elle devait l'avaler lentement pour l'apprécier et avoir l'impression de manger deux fois plus. Désormais, ses doigts étaient presque aussi fins que le manche de sa cuillère. Ses mains ressemblaient à des brindilles de bouleau, blanches et grêles.

La nuit allait tomber. Il n'y avait à présent plus qu'un seul feu allumé pour éclairer et chauffer la communauté.

Se serrer les uns contre les autres était devenu la meilleure source de chaleur et le seul obstacle contre les ténèbres qui cherchaient à les engloutir.

Sa mère, enroulée près d'elle, s'était assoupie à la fin de la messe. Les prières remplaçaient tout. Le soleil, le pain, les rêves et la liberté. Les journées s'égrenaient lentement, identiques à n'en plus finir. À tel point que Marie se demandait si Dieu ne les avait pas abandonnés. Heureusement, il y avait Pascau. Toujours là, toujours souriant, toujours prêt à aider ou à réconforter.

– Mange pendant que c'est chaud, lui murmura-t-il.

Ses pupilles éclairées par les flammes brillaient.

– Quand on sortira, j'irai jusqu'au moulin, lâcha-t-elle, je chargerai un sac de farine aussi lourd que moi et je cuirai une galette plus grosse qu'un âne !

Il ne répondit pas. Elle pouvait l'entendre penser : « si on sort vivants ».

– Viens, on va au puits sec, proposa-t-il.

Elle se dépêcha de finir son pauvre repas. Chaque soir, ils quittaient le groupe pour contempler les étoiles, assis côte à côte sur la margelle. C'était le moment préféré de la journée de Marie, celui qu'elle attendait dès le matin. Cet instant volé au quotidien où disparaissaient le siège, l'enfermement et son ventre vide.

Elle s'enroula dans sa peau de mouton et grimpa sur les pierres plates qui leur servaient de banc. C'était comme se rendre à un spectacle. Dans la nuit se jouait une pièce merveilleuse, celle de l'univers. Une histoire de lune et d'astres. Rien que pour eux.

– Ils vont tenter de sortir, chuchota Pascau.

– Quoi ? Qui ? Quand ?

– J'ai entendu les anciens et le bailli. Ils disaient qu'il fallait mettre notre trésor en lieu sûr.

Marie cessa de fixer le ciel et contempla le visage baigné de nuit de son ami.

– Ce soir, poursuivit-il, Pierre et Mathieu vont tenter de descendre la falaise.

Elle n'en croyait pas ses oreilles !

– C'est de la folie, souffla-t-elle. Il suffirait de l'enterrer.

– Ce n'est pas le trésor qui m'intéresse.

Ses pupilles brillaient autant que près du foyer. Pascau avait une idée.

– S'ils y parviennent, alors ça veut dire que c'est possible, qu'on peut s'enfuir.

Le cœur de Marie se serra. Pascau était prêt à risquer sa vie. La paroi était vertigineuse, aussi élevée que l'espoir qui animait son ami à cet instant.

– Je vais les suivre... chuchota-t-il. Je vais prendre le risque. Je n'ai pas peur du vide.

Elle ne parvint plus à parler.

– Ne le dis à personne, continua-t-il. Si demain matin je ne suis pas là, c'est que j'aurai réussi.

Elle le contempla aussi fort qu'elle le put pour graver son visage dans sa mémoire. Jamais elle ne pourrait le suivre, elle ne savait ni grimper aux arbres ni aux roches. Tenter de l'accompagner ferait capoter son plan. Il ne pouvait qu'y aller seul. Ils le savaient tous les deux.

– Je t'attendrai au moulin, murmura-t-il. Quand le siège sera levé, rejoins-moi là-bas et si...

Il peina à terminer sa phrase.

– ... Et si les soldats lancent l'assaut, reprit-il, cache-toi dans le puits.

Si elle ne l'avait pas aimé autant, elle l'aurait retenu. Si elle ne lui avait pas offert son âme, elle l'aurait empêché de partir. À la place, elle posa ses lèvres contre les siennes et lui donna un baiser qui lui disait « Sauve-toi, envole-toi, vis ! »

Habete fidem Dei

La voiture de Simon possédait un toit panoramique et était beaucoup plus confortable que la camionnette d'Anthropolab. Elle roulait plus vite aussi et avala la distance entre Paris et Toulouse en un temps record.

En ramenant Jill chez elle plus tôt, Herman n'avait pas imaginé qu'elle disposait d'un allié. Un chevalier cathare. Aussi elle n'avait même pas pris le temps d'enlever ses chaussures en rentrant car elle savait qu'elle ne resterait pas dans son appartement. Elle avait téléphoné à Simon, qui était venu sur-le-champ. Elle n'avait pas besoin de lui expliquer que les os devaient retourner à Montségur.

– Ils nous guideront, souffla-t-elle sur l'autoroute.

Elle ne pouvait pas dire où exactement ils devaient être rapportés. Au château, dans les bois, près de la rivière... elle l'ignorait. Sa seule certitude était qu'elle ne les déposerait pas dans le puits.

– J'ai confiance en toi, répondit-il.

Quelque chose était né entre eux. Quelque chose d'indéfinissable. Un lien qui ne se tissait pas le temps d'une vie mais sur plusieurs siècles. Un ruban infini qui, quelle que soit l'époque ou le lieu, rapprochait ceux destinés à se rencontrer.

* * *

Simon gara son SUV sur le parking du musée d'archéologie à la nuit tombée. Ils avaient roulé sans échanger d'autres paroles. Ils attendirent le matin en contemplant la pollution orangée à travers le toit de verre. Ils dormirent à tour de rôle. Ils ne voulaient pas louper l'arrivée de la conservatrice. Celle-ci apparut vers neuf heures et ils sortirent de la voiture. Ils ne s'étaient pas consultés sur ce qu'ils allaient dire ou faire. Ils s'étaient mués en gangsters de l'archéologie, en voleurs d'ossements prêts à tout.

– Simon de Roqueferre, et vous, Jill ! s'étonna la conservatrice. Que faites-vous là ? Quelque chose cloche avec la reconstitution ?

– Non, la reconstitution est parfaite, répondit Jill sans une pointe de vanité. Nous devons prendre les os.

– Nous devons les apporter à Montségur, enchaîna Simon.

– Mais je n'ai pas été informée de ce transfert ! Victor ne m'a rien dit. Il vous faut une autorisation.

– Nous avons celle de Marie, répliqua Jill.

La conservatrice fut déstabilisée et s'adossa à sa voiture. Le ton et l'attitude de la jeune scientifique la mettaient mal à l'aise. Tout ce qui émanait de cette fille semblait provenir d'une autre dimension, un peu comme une parole céleste, une vérité qu'aucun savant ne pouvait réfuter. Avec Jill, aucun doute n'était permis.

– Je la reconnais maintenant, murmura-t-elle en sentant ses jambes vaciller. Elle a votre visage. Marie, elle est comme vous. Ou alors est-ce l'inverse ?

Un reflet d'effroi balaya ses pupilles de chercheuse. Elle réalisait qu'elle faisait face à une chose inexplicable dont elle n'aurait jamais la clef et qui risquait de la hanter jusqu'à la fin de ses jours, un cauchemar de scientifique, une exégèse indécodable.

– Ce n'est pas possible, chuchota-t-elle.

Elle ne savait plus si Marie ou Jill se tenait sur le parking du musée.

– Je vous signe une décharge, proposa Simon.

Entendre des paroles du XXIe siècle la rasséréna. Elle attrapa la bouée de sauvetage qu'il lui lançait pour ne pas se noyer dans les couloirs du temps, dans la faille spatio-temporelle qui venait de s'ouvrir.

– D'accord, capitula-t-elle.

Ainsi les précieux restes se retrouvèrent sur la banquette arrière. Jamais Jill n'aurait pensé que cela soit si facile. Elle s'était préparée à forcer la porte, tels des soldats armés de leur bélier attaquant un château fort, et à arracher les reliques au ventre du musée à la façon d'envahisseurs pillant une abbaye, mais à la place, elle installa délicatement Marie sur la banquette en cuir du bolide de Simon.

– On ne pourra pas les remettre dans le puits, la prévint-il en prenant la route de la forteresse. Victor ne nous laissera pas faire.

– Marie ne veut pas y retourner, elle cherchait à en sortir.

– Pour aller où ?

– Pour rejoindre les siens.

– Ils sont morts sur le bûcher.

Elle ne le contredit pas. Elle ne savait pas exactement où Marie cherchait à se rendre. Elle avait attendu si longtemps dans le puits... Peut-être voulait-elle simplement retrouver la lumière dc la colline.

– Tiens, fit Simon en lui tendant un papier.

Il s'agissait des résultats ADN des ossements. Jill parcourut le document. Il avait fait croiser les résultats avec ceux d'une autre source. Les deux ADN concordaient à cent pour cent.

– J'ai fait analyser ton sang, avoua-t-il. Je l'avais prélevé quand tu t'étais écorché les mains sur les pierres de la falaise.

Les deux filaments d'Acide DésoxyriboNucléique indiquaient qu'ils appartenaient à une seule et même personne. Jill contempla son code génétique identique à celui de Marie. Les données lui dévoilaient un secret qu'elle savait déjà.

– Je crois que c'est toi qu'elle cherche, souffla Simon.

Elle le contempla avec le même regard que celui de Marie. Simon détourna les yeux et se concentra sur la route.

– Elle nous a réunis, murmura-t-elle.

* * *

Montségur se montra aussi imprenable que la première fois. Les ruines défiaient impassiblement le temps, certaines de leur vocation de pierre et de leur élégance inaltérable.

Jill sortit de la voiture et une petite brise tourbillonna sur les graviers du parking. Elle ouvrit la portière arrière et retira le couvercle de la boîte qui protégeait les ossements. Le vent léger s'engouffra dans le véhicule. Elle saisit le sac en plastique qui contenait les fémurs et le remplit avec les autres os. Le souffle valsait entre le chemin et les sièges en cuir, brassant des feuilles sèches.

Elle se retourna vers le sentier de la falaise. Le courant d'air s'y était déjà engagé. Elle adressa un regard plein de gratitude et de reconnaissance à Simon et attrapa le sac.

– Nous avions rendez-vous au moulin, fit-elle.

Son regard portait au-delà des taillis et au-delà du temps.

– Tu as dit que tu m'y attendrais, poursuivit-elle.

– Allons-y ensemble, proposa-t-il.

MARIE

Ce qui devait arriver arriva. Au mois de mars, les soldats ordonnèrent aux retranchés de se rendre ou ils seraient brûlés.

Marie se sentait tellement vide depuis le départ de Pascau et tellement à bout de forces à cause du manque de nourriture qu'elle se fichait que les Croisés attaquent. Elle voulait en finir. Ce qui était le plus difficile à supporter n'était ni la faim ni le froid, mais l'absence de son ami.

Elle avait continué à s'asseoir sur la margelle du puits tous les soirs. Elle avait parlé aux étoiles en imaginant que là où il se trouvait, Pascau en faisait autant. Elle savait que les astres entendaient ses prières. Certaines nuits, elle avait même eu l'impression qu'elles scintillaient plus fort, qu'elles lui répondaient. Elle leur avait demandé si le sourcier avait bien réussi à s'enfuir et elles avaient frémi.

Elle avait aussi voulu savoir s'il l'attendait et elles avaient brillé intensément. Les étoiles étaient les messagères des âmes, elles rapprochaient ceux qui s'aimaient et leur promettaient de les réunir à nouveau sur terre ou au Ciel, dans cette vie ou dans une autre. Quoi qu'il se passe, Marie était certaine de rejoindre Pascau, il ne pouvait pas y avoir d'autre fin à leur histoire. Cette dernière journée de siège ne serait pas l'ultime chapitre du récit de Marie et Pascau. En attendant de le retrouver, elle tiendrait sa promesse : elle allait descendre dans le puits.

Elle choisit le bon moment, celui où les portes de la forteresse s'ouvrirent et où les villageois, terrorisés par les soldats, ne firent plus attention à elle. Elle escalada la margelle qui avait accueilli ses rêves et se laissa glisser vers les pierres qui formaient des cales pour ses pieds. Elle regarda le ciel comme on prend sa respiration avant de plonger dans la rivière et entama sa descente vers sa cachette, vers le noir qui réunirait leurs cœurs.

Tempus fugit

La camionnette d'Anthropolab se gara en trombe sur le parking en soulevant un nuage de poussière aussi gros qu'un cumulus et Herman en sortit précipitamment sans prendre le temps de couper le moteur ni même de refermer sa portière. Il était trop tard. Jill et Simon s'enfonçaient dans les bois. Il hésita à courir après eux. Il aurait voulu les retenir ou crier « Reviens, Jill, le directeur des catacombes de Paris nous offre de recomposer l'ensemble de l'ossuaire ! Il y a six millions de squelettes ! » mais il sut que cela n'aurait servi à rien, qu'au contraire, il devait se taire. Ce qu'il contemplait, c'était deux êtres réunis. L'évidence qu'il ressentait ne possédait pas d'explication scientifique. Ces silhouettes marchaient à la fois dans le passé et dans le présent.

Leur lien était plus fort que le temps, plus fort que la vie et la mort. Il les regarda avancer le long d'un chemin connu d'eux seuls... un chemin séculaire qui avait auparavant existé. Il devina qu'il ne les reverrait plus.

Il ne se lança pas à leur poursuite. Autour de lui, la terre sèche brassée par la brise tiède, les rochers millénaires, les arbres noueux et les buissons d'épines lui murmuraient qu'il ne s'agissait pas de son histoire, qu'il devait les laisser remonter les collines et le temps.

Il demeura immobile. Jill et Simon disparurent de sa vue. La distance qui le séparait d'eux ne se comptait pas en mètres mais en aubes et en crépuscules. Désormais, ils seraient séparés par les siècles et l'histoire. Il eut envie de sourire et de pleurer à la fois. Il inspira profondément l'odeur de l'herbe et de la terre. La même qu'autrefois, en 1244. Il avait joué son rôle. Les os avaient retrouvé leur maîtresse, les os s'étaient remis à marcher. La mission d'un archéologue n'était-elle pas de permettre au présent de rencontrer le passé ? Il savoura avec émotion le sentiment de la tâche achevée. Il avait mené à bien sa mission et peut-être un peu plus. C'était pour cela qu'il aimait tant l'archéologie : pour les secrets et les mystères que les vieux os voulaient bien lui confier.

ÉPILOGUE

Marie courut tout le long du chemin. Si vite qu'elle manqua de se casser une jambe. Mais elle savait que plus rien ne lui arriverait. Elle avait rendez-vous. Aucun moment de son existence ne comptait davantage que celui-ci. Elle l'avait attendu si longtemps. Elle ne dévalait pas seulement la montagne, elle sautait à travers le temps. Elle ne savait plus si c'était hier ou demain. Elle savait juste qu'elle ne serait plus seule. Quelque chose de plus fort que ses pieds l'entraînait, une étoile rayonnant dans son ventre ou l'âme d'une fée échouée dans la sienne. Elle n'aurait plus jamais mal, ni peur.

Elle déboula au moulin, le cœur battant et les jambes folles. C'était ainsi qu'elle se sentait, plus vivante que jamais. Aussi vibrante que deux êtres réunis. Une force d'univers s'était déversée en elle, elle était soulevée par des pieds invisibles, décuplée.

Elle reconnut sa silhouette près de la roue. Pascau était là, comme promis. Il contemplait le torrent. À cause du bruit de l'eau, il ne l'avait pas entendue arriver mais sentant sa présence, il se retourna. Il lui sourit. Son visage était éternel, comme son cœur, comme la détermination des ruisseaux, comme l'amour qu'il lui portait.

Remerciements

Le Code de Jill n'aurait pas vu le jour sans la confiance d'Agnès Guérin chez Rageot qui m'accompagne depuis la publication du diptyque *Finisterrae*. Merci pour ce bout de chemin ensemble. Qu'il est bon d'aller toujours de l'avant...

L'écriture ne peut se faire sans deux conditions essentielles : le temps et la liberté. Merci à mon mari et mes deux garçons qui ont compris l'aspect substantiel de cette étrange aventure.

Enfin, comme à chaque nouvelle histoire, je souhaite exprimer plus qu'un merci, mon immense gratitude aux lecteurs souvent très jeunes, aux libraires tous passionnés et aux bénévoles pugnaces et bienveillants des salons littéraires qui me suivent depuis toutes ces années. Mes romans et mes personnages sont entre vos merveilleuses mains. Je renouvelle le pacte. Aujourd'hui, je vous confie *Le Code de Jill*.

L'autrice

Jeanne Bocquenet-Carle est née et vit en Bretagne. Les légendes et les contes de son enfance partagés par sa famille, où l'on parle toujours la langue bretonne, sont pour elle une source d'inspiration. « D'aussi loin que je m'en souvienne, il y a toujours eu des histoires à la maison, à l'école Diwan, dans les veillées, chez les amis... » Après avoir travaillé une dizaine d'années dans l'audiovisuel, elle publie en 2009 son premier roman. Au fil des années, d'autres romans voient le jour dans différents genres littéraires : roman historique, ado, young adult, fantasy... Ses thèmes de prédilection sont la quête de destinée, l'aventure, le dépassement de soi et le merveilleux.

Jeanne Bocquenet-Carle est mariée et mère de deux garçons. Elle vit près de la mer dans les Côtes d'Armor.

Le Code de Jill est son douzième roman.

De l'autrice,
chez Rageot :

Jeanne BOCQUENET-CARLE
Finisterrae
Tu garderas le Secret
RAGEOT

Jeanne BOCQUENET-CARLE
Finisterrae
Pour qui bat mon Cœur
RAGEOT

Retrouvez tous nos titres sur notre site
www.rageot.fr

«Coca» est le diminutif de Coca-Cola®,
une marque déposée par The Coca-Cola Company.

PAPIER À BASE DE FIBRES CERTIFIÉES

RAGEOT s'engage pour l'environnement en réduisant l'empreinte carbone de ses livres.
Celle de cet exemplaire est de :
450 g éq. CO_2
Rendez-vous sur www.rageot-durable.fr

Cet ouvrage a été composé par IGS-CP
à L'Isle-d'Espagnac (16)

Achevé d'imprimer en France en novembre 2023
sur les presses de Normandie Roto Impression s.a.s.
Couverture imprimée par Boutaux (Le Theil-sur-Huisne)
Dépôt légal: avril 2024
N° d'édition: 8096-01
N° d'impression: 2304865